Classiques &

Collection ?
Jean-Paul Brighelli et ?????? De??

Vercors
Le Silence de la mer

Présentation, notes, questions et après-texte établis par
ÉVELYNE AMON
professeur de Lettres

MAGNARD

Sommaire

PRÉSENTATION
Vercors : l'écriture de la Résistance 5

LE SILENCE DE LA MER
Texte intégral 7

Après-texte

POUR COMPRENDRE
Étapes 1 à 8 (questions) 163

GROUPEMENTS DE TEXTES
I) Collaborateurs et résistants 181
II) Points de vue sur l'holocauste 189

INFORMATION / DOCUMENTATION
Bibliographie, filmographie, sites Internet 197

VERCORS : L'ÉCRITURE DE LA RÉSISTANCE

1941 : la France est occupée. Sous le joug de l'envahisseur allemand, elle courbe l'échine et signe un armistice : le gouvernement
de l'époque, dirigé par le maréchal Pétain, s'engage à collaborer
avec l'ennemi.

Mais derrière la capitulation officielle du pays s'élève la protestation encore silencieuse des Français épris de justice et de démocratie : il faut résister, disent-ils. Pour l'honneur et pour la liberté.

Dans l'ombre de la clandestinité, des hommes et des femmes
vont ouvrir la voie du refus ; des textes sont publiés et circulent
sous le manteau : écrits de combat (journaux, tracts, pamphlets...)
mais aussi œuvres littéraires qui mettent en scène, sous une forme
romanesque ou poétique, la situation politique du pays.

Le Silence de la mer est la réponse de Vercors (1902-1991) à l'as-
servissement de la France. Cette première œuvre, rédigée durant
l'été 1941 et publiée en février 1942, marque la création des Éditions de Minuit (les livres étaient imprimés en cachette, la nuit).
Elle raconte l'histoire d'un officier allemand hébergé pendant l'hiver 1940 dans la maison d'un vieil homme et de sa nièce. Durant
les quelques mois de ce séjour imposé, une étrange relation s'établit entre l'occupant et ses hôtes : les deux Français opposent au
discours de l'officier un silence volontaire et tenace. Au dialogue
refusé se substitue un monologue forcé qui se déroule dans un
cadre unique : la grande salle de la maison où, jusqu'au départ de

l'occupant pour le front russe, les trois personnages se retrouvent chaque soir pour une étrange veillée.

Sur un plan idéologique, *Le Silence de la mer* amène une réflexion sur la Résistance et fait du silence l'arme des patriotes. Ce court récit, autant que les autres nouvelles que Vercors écrira pendant les années de guerre, montre la France occupée sous différents angles : *Ce jour-là* raconte sur un mode minimal l'anéantissement d'une famille heureuse par l'arrestation de la mère, vécue à travers les émotions de l'enfant ; *Le Songe* présente, sur le double registre du fantastique et de l'horreur, une vision hallucinante des camps de concentration ; *L'Impuissance* montre l'assassinat moral d'un intellectuel qui voit ses illusions s'effondrer sous la botte allemande ; *Le Cheval et la Mort*, récit énigmatique, met en parallèle l'histoire d'un cheval introduit dans la cour d'un immeuble bourgeois par des étudiants plaisantins et celle d'une visite d'Hitler à Montparnasse ; enfin, *L'Imprimerie de Verdun* raconte la prise de conscience et la métamorphose d'un fidèle de Pétain.

Ces œuvres sont remarquables à plus d'un titre : d'abord parce qu'elles mettent en scène l'Histoire à travers des destinées individuelles, ensuite parce qu'elles montrent la vérité d'une époque sur laquelle on n'a pas tout dit, enfin parce qu'elles révèlent chez Vercors un art de la nouvelle.

Dans l'histoire littéraire, Vercors, qui a pourtant beaucoup écrit, reste essentiellement l'écrivain du *Silence de la mer*, œuvre-symbole rééditée soixante-douze fois et traduite en quarante langues.

Vercors
Le Silence de la mer

EN GUISE DE PRÉFACE

DÉSESPOIR EST MORT

Je n'ai pas encore très bien compris comment cela s'est fait,
— en moi et en nous. D'ailleurs, je ne cherche pas. Il est de certains miracles très naturels. Je veux dire : très faciles à accepter.
Je les accepte de grand cœur et celui-ci fut de ceux-là. J'y pense
5 souvent. Je m'attendris, je souris et m'étire. Je sais qu'il y aurait
sûrement quelque chose à trouver. À quoi bon ? Cette demi-
ignorance, ma foi, me convient.

Comme les plus profonds tourments pâlissent vite ! Il y a
trente mois je désirais la mort. Nous étions quelques-uns à la
10 désirer. Nous ne parvenions à voir devant nous rien qu'un
abîme fétide. Comment y vivre ? Pourquoi attendre une
asphyxie immonde ? Ah ! trouver un rocher désert, une île
abandonnée, loin de la mêlée répugnante des hommes...
Comme cela semble étrange, aujourd'hui, — où nous avons
15 tant de motifs d'espérer ! Mais l'espoir, le désespoir ne sont pas
choses raisonnantes ni raisonnables. Le désespoir s'était emparé
de nous, du chef[1] à l'orteil. Et, il faut bien l'avouer, ce que nous
avions vu, ce que nous voyions encore ne nous aidait guère à le
secouer.

20 Car nous n'étions pas tous désespérés. Oh ! non. Dans ce

---

1. Tête.

mess[1] hétéroclite[2], où le désastre avait rassemblé une douzaine d'officiers venus de toutes parts, sans point commun sinon celui de n'avoir pas combattu[3], la note dominante n'était pas le désespoir. Chacun était avant tout préoccupé de soi. Et, pourvu
25 que tous les chemins ne fussent pas coupés devant lui, prenait le reste assez légèrement. En ce juillet-là courait le mythe Laval-Talleyrand[4] : une canaille, après Waterloo[5], avait en quelques années refait une France redoutée ; une canaille referait de même. Il suffisait d'attendre.

30 Il y avait là un homme que j'appellerai le Capitaine Randois. Je ne l'aimais pas. Dès avant la défaite, tout en lui m'était ennemi : son caractère hautain, ses convictions monarchiques, son mépris de la foule. J'évitais de lui parler. Je craignais qu'il ne laissât, d'un mot, deviner la satisfaction que les malheurs de la
35 République, le triomphe de la tyrannie devaient avoir fait naître en lui. Je n'aurais pu le supporter sans réagir. Mes nerfs étaient peu solides alors. Heureusement, lui non plus ne parlait guère. Il mangeait en silence, son grand nez coupant baissé vers la nappe. Les incessantes discussions, politiques et imbéciles, qui formaient
40 la trame de nos repas, n'obtenaient de lui qu'un dédain que j'au-

---

1. Lieu où se réunissent les officiers et sous-officiers d'une même unité pour prendre leurs repas.
2. Qui réunit des hommes d'origines différentes.
3. L'armée française est restée plusieurs mois (sept. 1939-mai 1940) en position défensive derrière la ligne Maginot, ligne fortifiée censée arrêter l'ennemi. En fait, l'armée allemande contourna la ligne de défense française et prit au piège les troupes franco-anglaises et belges. Avant d'avoir commencé, la campagne de France se termina par la débâcle et l'exode.
4. Laval, ministre de Pétain favorable à la collaboration avec l'ennemi allemand, est ici assimilé à Talleyrand (1754-1838), homme politique français fameux pour son opportunisme et ses intrigues.
5. Célèbre défaite des armées napoléoniennes contre l'Angleterre (18 juin 1815).

rais trouvé insultant, – si je n'eusse fait tout comme lui. Notre
pauvre vieux brigand de commandant, conseiller général du
Gard, présidait ces joutes[1], les couvait de ses gros yeux éteints. Il
ressemblait, par le visage et l'accent, à un Raimu[2] amolli, à l'un
45 des Fratellini[3] aussi, – celui qui est mort, celui qui cachait ses
dérisoires malices sous un aspect de notaire solennel. Il interro-
geait l'avenir avec malaise, inquiet de la place qu'il pourrait y
creuser pour son adipeuse papelardise[4]. Il dit un jour :

– Randois, vous avez vu ? Votre Maurras[5] se range sans res-
50 triction derrière le Maréchal[6]. (Quand il parlait, il semblait que
son accent fût noyé dans une gorgée d'eau, qu'on se fût attendu
à voir couler entre ses lèvres molles.) Je suis un vieux radical,
mais, dans le malheur de la patrie, il faut oublier ses convictions. Votre Maurras, bravo, c'est très bien. Que penseront nos
55 vainqueurs, selon vous ?

Le Capitaine Randois leva le nez. Et ses yeux, ses yeux bleus
et froids (je les trouvais cruels) se posèrent sur moi. Oui, sur
moi et sur mon voisin le Capitaine Despérados ; et il répondit :

– Les Fridolins[7] ? Ils nous auront jusqu'au trognon.

60 Sa voix était d'une tristesse sans borne. Je fus surpris, – plus

---

1. Luttes.
2. Célèbre acteur de l'époque, à la silhouette bon enfant et à
l'accent du Midi.
3. Célèbre famille de clowns.
4. Hypocrisie visqueuse et répugnante.
5. Écrivain et homme politique français (1868-1952).
Nationaliste, il soutenait Pétain.
6. Pétain.
7. Les Allemands.

BIEN LIRE

L. 49 : Quelle
nuance traduit
le possessif
« votre » ?

encore du regard que des paroles. Ainsi, il nous rejoignait, il avait su nous rejoindre, nous les solitaires, nous les muets. Il avait mieux su me comprendre, que moi lui. Aujourd'hui, je sais bien que je manquais de sagacité[1]. Car ce mess était à
65 l'image de ce pays, où seuls les lâches, les malins et les méchants allaient continuer de pérorer[2] ; où les autres n'auraient, pour protester, que leur silence. Randois nous avait reconnus.

J'étais silencieux. Mais le Capitaine Despérados l'était plus que moi. Il avait, lui, participé à « notre » bataille : à la bataille
70 postiche[3], au déshonorant simulacre[4] qui nous en avait plus appris, en ces trois jours serrés entre deux armistices[5], sur l'infamie[6] dérisoire de certains hommes couverts d'honneurs, que l'expérience de toute une vie. Il avait assisté d'un bout à l'autre à la honteuse et cruelle comédie. Il avait eu dans les mains, on
75 lui avait mis impudemment dans les mains des preuves immondes et puantes : celles du souci unique, aux pires jours du désastre, qu'avait eu un chef indigne de préparer les voies de son ambition. Ambition sordide. On eût dit qu'il en avait pâli, – pâli à jamais. Il était pâle et raide, raide d'une vieille blessure
80 qui l'empêchait de tourner la tête sans tourner aussi les épaules ; et plus pâle d'une cicatrice qui partageait en deux son beau visage de matador grisonnant, ouvrant en passant l'œil droit,

---

1. Clairvoyance, lucidité.
2. Faire des grands discours, avec prétention.
3. Factice, fausse.
4. Mensonge, illusion.
5. Accords entre ennemis pour arrêter les hostilités.
6. Bassesse, déshonneur.

BIEN LIRE

L. 71 : Expliquez le déshonneur attaché au terme « armistices ».

comme eût fait un monocle. Et cela lui donnait une expression
double, pénétrante et dominatrice. Pendant toutes ces
85 semaines, il ne sourit jamais. Je ne l'ai jamais vu rire, – sauf une
fois.

Oui, j'ai presque un effort à faire aujourd'hui pour comprendre, comme je le comprenais alors, qu'un homme pût être
si mortellement découragé qu'il lui fût impossible, pendant des
90 semaines, de sourire. J'étais ainsi moi-même, pourtant. Nous
traînions nos gros souliers oisifs dans l'unique rue de ce village
brûlé de soleil, où l'on nous avait cantonnés[1] après l'armistice.
Nous n'en pouvions sortir. Nous n'avions d'autre choix que les
deux bistrots, le banc du jardinet qu'une aimable personne
95 avait offert, ou notre chambre. Pour ma part, j'avais choisi ma
chambre. Je n'en bougeais guère. Mon accablement s'y nourris-
sait de soi-même, s'engraissait de ce fatal désœuvrement. Je
pense aujourd'hui que Randois, que Despérados menaient la
même torturante vie. Peut-être faut-il voir là les raisons de cet
100 infernal silence, où nous nous étions murés malgré nous.

Ma chambre était petite. Je l'avais choisie parce qu'elle était
petite. Elle ouvrait sur les toits par une mince fenêtre haut pla-
cée. Ainsi elle était constituée, un peu, comme un cachot, – un
cachot qu'une jeune fille eût adouci de ses soins. Je restais là, de
105 longues heures, entre ces murs rapprochés. Prisonnier dans ces
murs comme dans les pensées, simples et horribles, que je ne
pouvais chasser. J'aimais sentir ces murs peser sur moi, comme

---

1. Établis.

on aime à presser d'un doigt nerveux une gencive irritée. Cela n'était certes pas bon pour la santé de l'esprit. Pas pire, sans
110 doute, que d'errer d'un bistrot à l'autre, que d'assister à la lâcheté de tous.

J'avais fini par ne sortir guère qu'à l'heure des repas. Je n'avais pas un long chemin à faire. La maison qui abritait notre mess faisait face à la mienne, par-delà une étroite ruelle caillouteuse.
115 Ces repas étaient animés et bruyants. Ils étaient pour moi lugubres. On nous y engraissait comme des oies. L'Intendance n'avait pas encore été touchée par la défaite, et nous fournissait plusieurs viandes par repas, qu'un cuistot arrogant, titulaire d'un diplôme de cuisine militaire et qu'un de nous avait découvert et
120 « voracé[1] », déguisait sous des sauces savamment immondes, devant lesquelles le mess fondait d'admiration. On s'en félicitait mutuellement. La plus franche cordialité régnait entre ces hommes galonnés[2], qui se déchiraient l'un l'autre sitôt séparés. Ils étaient tous rivaux, pour une raison ou une autre. La débâcle[3]
125 n'avait pas détruit chez eux le goût des préséances[4], dont ils allaient être bientôt privés. Leur rivalité était aussi plus matérielle. Certains avaient vite compris qu'il y avait quelque chose à tirer de la désorganisation générale, de la difficulté des contrôles. Le plus haï était celui qu'on accablait, aux repas, des plus hautes
130 marques de fidèle respect, notre commandant-Fratellini, à qui

---

1. Réquisitionné.
2. Les officiers ont des galons.
3. Défaite humiliante (de l'armée française).
4. Privilèges.

son grade permettait les plus fructueuses rapines[1]. Nous savions
que son grenier se remplissait de chocolat, de pâtes, de riz.
J'aurais dû, moi aussi, haïr cet homme. Je ne sais pourquoi, je
n'y parvenais pas. Peut-être parce que sa canaillerie était si évi-
135 demment native qu'elle en devenait ingénue[2]. Peut-être aussi
parce que je savais – avant lui – qu'il allait mourir. Il en était
arrivé à un point d'urémie[3] qui ne pouvait tarder d'amener une
crise. Il s'endormait, non pas seulement après le repas, non pas
seulement entre chaque plat : entre chaque bouchée, – quelques
140 secondes, sa fourchette levée. Je voyais les autres rire. C'était
pitoyable et tragique. « Mon Dieu, pensais-je, qu'il garnisse son
grenier. » Pourtant je m'en voulais de cette indulgence.

J'étais heureux d'avoir Despérados auprès de moi. Je me sentais moins seul. Non pas que nous eussions jamais échangé un
145 mot de quelque importance. Mais, parfois, quand je sentais
moi-même se gonfler mon cœur de dégoût, devant quelque
nouvelle marque de la funeste insouciance de ces hommes en
qui le pays avait cru trouver des chefs, je voyais se tourner vers
moi le cou raide, se poser sur moi l'œil dilaté. Nous croisions
150 ainsi nos regards, et cela nous soulageait. Nous n'allions pas
plus loin dans nos confidences.

Ce matin-là, pourtant, il se laissa aller à quelque chose de
plus. Quand j'entrai pour prendre ma tasse de café, il était là,

---

1. Vols.
2. Innocente et naïve
3. Maladie liée à l'accumulation dans l'organisme de produits azotés, en général liée à une insuf-
fisance de la fonction des reins.

seul devant la sienne. Il lisait *Le Petit Dauphinois*. C'était un des
155 premiers qui nous parvînt, après ces quinze horribles jours. Et
soudain il me le tendit, silencieusement et rageusement, mar-
quant du pouce l'éditorial, et tandis que je lisais à mon tour, il
garda posés sur moi ses yeux lumineux. Oui, ce qu'il me fit lire
dépassait tout ce qu'on pouvait attendre. Ce que le plus grand
160 mépris des hommes n'aurait suffi à nous faire croire sans
preuve. On nous ressortait, simplement (n'oubliez pas que
c'était la première fois), Jeanne d'Arc, Sainte-Hélène, et la per-
fide Albion[1]. Dans cette même colonne, sous cette même
signature, où trois semaines plus tôt le même homme nous par-
165 lait encore, avec une délectation sadique[2], des milliers de bar-
bares teutons[3] que la Lys et la Somme charriaient, sanglants et
putrides[4], vers la mer.

Qu'aurais-je dit ? Je ne dis rien. Mais, me renversant sur ma
chaise, je partis à rire. Despérados appuya ses avant-bras sur la
170 table, et il rit aussi. D'un rire long et bruyant, en se balançant
un peu. C'était un bruit déplaisant, cette gaieté sans joie dans
cette pièce maussade où traînait une odeur de pain moisi. Puis
nous nous tûmes, et nous nous levâmes, car c'était l'heure, pour
nous, d'assister, dans la petite église, à une messe pour le repos

---

1. « Albion » était le nom donné à la Grande-Bretagne dans
l'Antiquité. Il est aujourd'hui parfois employé pour désigner
ironiquement l'Angleterre. Il semble que l'article mette en
cause les Anglais, pourtant alliés des Français durant la
Seconde Guerre mondiale.
2. Un plaisir pervers.
3. Allemands.
4. En décomposition.

BIEN LIRE

L. 161 : À qui s'adresse le narrateur, lorsqu'il dit : « n'oubliez pas... » ?

75 des morts de la guerre. Cela eût pu être émouvant et simple. Ce
fut odieux et grotesque. Un prêche nous fut fait par un jeune
soldat-prêtre, studieux et ambitieux, heureux de trouver là une
occasion d'exercer son éloquence[1]. Il nous servit une oraison[2]
vide et pompeuse, encore maladroite d'ailleurs et que ne sauvait
80 pas même le talent.

Je sortis de là plus accablé que jamais. Je marchais tête basse,
entre Despérados et Randois qui s'était joint silencieusement à
nous. Comme nous passions dans une ruelle herbeuse, entre
deux hauts murs de jardin, je ne pus retenir tout à fait un des
85 soupirs contraints dont ma poitrine était pleine à faire mal.
Randois tourna la tête vers moi, et je vis qu'il souriait affectueusement.

– Nous traînons notre besace, dit-il et, passant entre nous, il
nous prit chacun par le bras.

90 Nous parvînmes ainsi devant le mess. Ce n'était pas l'heure
encore. Pour la première fois, nous ne nous séparâmes pas.
Nous nous assîmes sur le bord de l'étroit trottoir, et le silence
sur nous pesa une fois de plus.

C'est alors que nous vîmes venir les quatre petits canetons.

195 Je les connaissais. Souvent j'avais regardé l'un ou l'autre,

---

1. Talent d'orateur.
2. Discours religieux.

BIEN LIRE

L. 194 : Pourquoi la présence des « canetons » ne nous étonne-t-elle pas ici ?
Quel changement de registre observez-vous ?

l'une ou l'autre de ces très comiques boules de duvet jaunâtre, patauger, sans cesser une seconde de couiner d'une voix fragile et attendrissante, dans les caniveaux ou la moindre flaque. Plus d'une fois, l'un d'eux m'avait ainsi aidé à vivre, un peu plus vite,
200 un peu moins lourdement, quelques-unes des minutes de ces interminables jours. Je leur en savais gré.

Cette fois, ils venaient tous quatre à la file, à la manière des canards. Ils venaient de la grande rue, claudicants[1] et solennels, vifs, vigilants et militaires. Ils ne cessaient de couiner. Ils fai-
205 saient penser à ces défilés de gymnastes, portant orgueilleusement leur bannière et chantant fermement d'une voix très fausse. J'ai dit qu'ils étaient quatre. Le dernier était plus jeune, – plus petit, plus jaune, plus poussin. Mais bien décidé à n'être pas traité comme tel. Il couinait plus fort que les autres, s'aidait
210 des pattes et des ailerons pour se tenir à la distance réglementaire. Mais les cailloux que ses aînés franchissaient avec maladresse mais fermeté formaient, pour lui, autant d'embûches où son empressement venait buter. En vérité, rien d'autre ne peut peindre fidèlement ce qui lui arrivait alors, sinon de dire
215 qu'il se cassait la gueule. Tous les six pas, il se cassait ainsi la gueule et il se relevait et repartait, et s'empressait d'un air martial[2] et angoissé, couinant avec une profusion et une ponctualité sans faiblesse, et se retrouvait le bec dans la poussière. Ainsi défilèrent-ils tous les quatre, selon l'ordre immuable d'une

---

1. En boitant.
2. Qui rappelle les attitudes et les habitudes militaires.

₂₂₀ parade de canards. Rarement ai-je assisté à rien d'aussi comique. De sorte que je m'entendis rire, et aussi Despérados, mais non plus de notre affreux rire du matin. Le rire de Despérados était, cette fois, profond et sain et agréable à entendre. Et même le rire un peu sec de Randois n'était pas

₂₂₅ désagréable. Et les canetons, toujours couinant, tournèrent le coin de la ruelle, et nous vîmes le petit, une dernière fois, se casser la gueule avant de disparaître. Et alors, voilà, Randois nous mit ses mains aux épaules, et il s'appuya sur nous pour se lever, et ce faisant il serra les doigts, affectueusement, et nous fit un

₂₃₀ peu mal. Et il dit :

– À la soupe ! Venez. Nous en sortirons.

Or, c'était cela justement que je pensais : nous en sortirons. Oh ! je mentirais en prétendant que je pensai ces mots-là exactement. Pas plus que je ne pensai alors précisément à des siècles,

₂₃₅ à d'interminables périodes plus sombres encore que celle-ci qui s'annonçait pourtant si noire : ni au courage désespéré, à l'opiniâtreté surhumaine qu'il fallut à quelques moines, au milieu de ces meurtres, de ces pillages, de cette ignorance fanatique, de cette cruauté triomphante, pour se passer de main en main un

₂₄₀ fragile flambeau pendant près de mille ans. Ni que cela valait pourtant la peine de vivre, si tel devait être notre destin, notre

BIEN LIRE

L. 231 : Expliquez l'expression « nous en sortirons ».

seul devoir désormais. Certes, je ne pensai pas précisément tout cela. Mais ce fut comme lorsqu'on voit la reliure d'un livre que l'on connaît bien.

245   Comment ces quatre petits canards, par quelle voie secrète de notre esprit nous menèrent-ils à découvrir soudain que notre désespoir était pervers et stérile ? Je ne sais. Aujourd'hui où je m'applique à écrire ces lignes, je serais tenté d'imaginer quelque symbole, à la fois séduisant et facile. Peut-être n'aurais-je pas
250 tort. Peut-être, en effet, inconsciemment pensai-je aux petits canards qui déjà devaient défiler non moins comiquement sous les yeux des premiers chrétiens, qui avaient plus que nous lieu de croire tout perdu. Peut-être trouvai-je qu'ils parodiaient[1] assez bien, ces quatre canetons fanfarons et candides, ce qu'il y
255 a de pire dans les sentiments des hommes en groupe, comme aussi ce qu'il y a de meilleur en eux. Et qu'il valait de vivre, puisqu'on pouvait espérer un jour extirper ce pire, faire refleurir ce meilleur. Peut-être. Mais il se pourrait plus encore que, tout cela, je le découvrisse seulement pour les besoins de la
260 cause. Au fond, j'aime mieux le mystère. Je sais, cela seul est sûr, que c'est à ces petits canards délurés, martiaux, attendrissants et ridicules que je dus, au plus sombre couloir d'un sombre jour, de sentir mon désespoir soudain glisser de mes épaules comme un manteau trop lourd. Cela suffit. Je ne l'oublierai pas.

---

1. Imitaient.

LE SILENCE DE LA MER

À la mémoire de Saint-Pol Roux,
poète assassiné

Il fut précédé par un grand déploiement d'appareil militaire. D'abord deux troufions[1], tous deux très blonds, l'un dégingandé et maigre, l'autre carré, aux mains de carrier[2]. Ils regardèrent la maison, sans entrer. Plus tard vint un sous-officier. Le troufion
5 dégingandé l'accompagnait. Ils me parlèrent, dans ce qu'ils supposaient être du français. Je ne comprenais pas un mot. Pourtant je leur montrai les chambres libres. Ils parurent contents.

Le lendemain matin, une torpédo[3] militaire, grise et énorme, pénétra dans le jardin. Le chauffeur et un jeune soldat mince,
10 blond et souriant, en extirpèrent deux caisses, et un gros ballot entouré de toile grise. Ils montèrent le tout dans la chambre la plus vaste. La torpédo repartit, et quelques heures plus tard j'entendis une cavalcade. Trois cavaliers apparurent. L'un d'eux mit pied à terre et s'en fut visiter le vieux bâtiment de pierre. Il
15 revint, et tous, hommes et chevaux, entrèrent dans la grange qui me sert d'atelier. Je vis plus tard qu'ils avaient enfoncé le valet[4] de mon établi entre deux pierres, dans un trou du mur, attaché une corde au valet, et les chevaux à la corde.

Pendant deux jours il ne se passa plus rien. Je ne vis plus personne.
20 sonne. Les cavaliers sortaient de bonne heure avec leurs che-

---

1. Soldats.
2. Ouvrier qui travaille dans une carrière, lieu où l'on extrait des pierres.
3. Voiture décapotable.
4. Pièce destinée à faciliter le travail sur une table massive servant de support au travail du bois ou du métal.

vaux, ils les ramenaient le soir, et eux-mêmes couchaient dans la paille dont ils avaient garni la soupente.

Puis, le matin du troisième jour, la grande torpédo revint. Le jeune homme souriant chargea une cantine[1] spacieuse sur son épaule et la porta dans la chambre. Il prit ensuite son sac qu'il déposa dans la chambre voisine. Il descendit et, s'adressant à ma nièce dans un français correct, demanda des draps.

1. Coffre de voyage, généralement en métal.

Ce fut ma nièce qui alla ouvrir quand on frappa. Elle venait de me servir mon café, comme chaque soir (le café me fait dormir). J'étais assis au fond de la pièce, relativement dans l'ombre. La porte donne sur le jardin, de plain-pied. Tout le long de la
5 maison court un trottoir de carreaux rouges très commode quand il pleut. Nous entendîmes marcher, le bruit des talons sur le carreau. Ma nièce me regarda et posa sa tasse. Je gardai la mienne dans mes mains.

Il faisait nuit, pas très froid : ce novembre-là ne fut pas très
10 froid. Je vis l'immense silhouette, la casquette plate, l'imperméable jeté sur les épaules comme une cape.

Ma nièce avait ouvert la porte et restait silencieuse. Elle avait rabattu la porte sur le mur, elle se tenait elle-même contre le mur, sans rien regarder. Moi je buvais mon café, à petits
15 coups.

L'officier, à la porte, dit : « S'il vous plaît. » Sa tête fit un petit salut. Il sembla mesurer le silence. Puis il entra.

La cape glissa sur son avant-bras, il salua militairement et se découvrit. Il se tourna vers ma nièce, sourit discrètement en
20 inclinant très légèrement le buste. Puis il me fit face et m'adressa une révérence plus grave. Il dit : « Je me nomme Werner von Ebrennac. » J'eus le temps de penser, très vite : « Le nom n'est pas allemand. Descendant d'émigré protestant ? » Il ajouta : « Je suis désolé. »

25   Le dernier mot, prononcé en traînant, tomba dans le silence. Ma nièce avait fermé la porte et restait adossée au mur, regardant droit devant elle. Je ne m'étais pas levé. Je déposai lentement ma tasse vide sur l'harmonium[1] et croisai mes mains et attendis.

L'officier reprit : « Cela était naturellement nécessaire. J'eusse
30 évité si cela était possible. Je pense mon ordonnance[2] fera tout pour votre tranquillité. » Il était debout au milieu de la pièce. Il était immense et très mince. En levant le bras il eût touché les solives[3].

Sa tête était légèrement penchée en avant, comme si le cou n'eût
35 pas été planté sur les épaules, mais à la naissance de la poitrine. Il n'était pas voûté, mais cela faisait comme s'il l'était. Ses hanches et ses épaules étroites étaient impressionnantes. Le visage était beau. Viril et marqué de deux grandes dépressions le long des joues. On ne voyait pas les yeux, que cachait l'ombre portée de l'arcade. Ils
40 me parurent clairs. Les cheveux étaient blonds et souples, jetés en arrière, brillant soyeusement sous la lumière du lustre.

Le silence se prolongeait. Il devenait de plus en plus épais, comme le brouillard du matin. Épais et immobile. L'immobilité de ma nièce, la mienne aussi sans doute alourdissaient ce
45 silence, le rendaient de plomb. L'officier lui-même, désorienté, restait immobile, jusqu'à ce qu'enfin je visse naître un sourire

1. Instrument de musique à clavier et à soufflets, comme l'orgue.
2. Aide de camp.
3. Pièces de charpentes.

BIEN LIRE
L. 24 : « Je suis désolé. » Que veut dire l'officier ?

sur ses lèvres. Son sourire était grave et sans nulle trace d'ironie. Il ébaucha un geste de la main, dont la signification m'échappa. Ses yeux se posèrent sur ma nièce, toujours raide et droite, et je 50 pus regarder moi-même à loisir le profil puissant, le nez proéminent[1] et mince. Je voyais, entre les lèvres mi-jointes, briller une dent d'or. Il détourna enfin les yeux et regarda le feu dans la cheminée et dit : « J'éprouve un grand estime pour les personnes qui aiment leur patrie », et il leva brusquement la tête et 55 fixa l'ange sculpté au-dessus de la fenêtre. « Je pourrais maintenant monter à ma chambre, dit-il. Mais je ne connais pas le chemin. » Ma nièce ouvrit la porte qui donne sur le petit escalier et commença de gravir les marches, sans un regard pour l'officier, comme si elle eût été seule. L'officier la suivit. Je vis 60 alors qu'il avait une jambe raide.

Je les entendis traverser l'antichambre, les pas de l'Allemand résonnèrent dans le couloir, alternativement forts et faibles, une porte s'ouvrit, puis se referma. Ma nièce revint. Elle reprit sa tasse et continua de boire son café. J'allumai une pipe. Nous 65 restâmes silencieux quelques minutes. Je dis : « Dieu merci, il a l'air convenable. » Ma nièce haussa les épaules. Elle attira sur ses genoux ma veste de velours et termina la pièce invisible qu'elle avait commencé d'y coudre.

---

1. Qui ressort, saillant.

Le lendemain matin l'officier descendit quand nous prenions notre petit déjeuner dans la cuisine. Un autre escalier y mène et je ne sais si l'Allemand nous avait entendus ou si ce fut par hasard qu'il prit ce chemin. Il s'arrêta sur le seuil et dit : « J'ai
5 passé une très bonne nuit. Je voudrais que la vôtre fusse aussi bonne. » Il regardait la vaste pièce en souriant. Comme nous avions peu de bois et encore moins de charbon, je l'avais repeinte, nous y avions amené quelques meubles, des cuivres et des assiettes anciennes, afin d'y confiner notre vie pendant l'hi-
10 ver. Il examinait cela et l'on voyait luire le bord de ses dents très blanches. Je vis que ses yeux n'étaient pas bleus comme je l'avais cru, mais dorés. Enfin, il traversa la pièce et ouvrit la porte sur le jardin. Il fit deux pas et se retourna pour regarder notre longue maison basse, couverte de treilles[1], aux vieilles tuiles
15 brunes. Son sourire s'ouvrit largement.

– Votre vieux maire m'avait dit que je logerais au château, dit-il en désignant d'un revers de main la prétentieuse bâtisse que les arbres dénudés laissaient apercevoir, un peu plus haut sur le coteau. Je féliciterai mes hommes qu'ils se soient trom-
20 pés. Ici, c'est un beaucoup plus beau château.

---

1. Vignes que l'on fait pousser sur un mur.

BIEN LIRE

L. 6-7 : Expliquez la rareté des combustibles à cette époque.

Puis il referma la porte, nous salua à travers les vitres, et partit.

Il revint le soir à la même heure que la veille. Nous prenions notre café. Il frappa, mais n'attendit pas que ma nièce lui
25 ouvrît. Il ouvrit lui-même. « Je crains que je vous dérange, dit-il. Si vous le préférez, je passerai par la cuisine : alors vous fermerez cette porte à clef. » Il traversa la pièce, et resta un moment la main sur la poignée, regardant les divers coins du fumoir. Enfin il eut une petite inclinaison du buste : « Je vous
30 souhaite une bonne nuit », et il sortit.

Nous ne fermâmes jamais la porte à clef. Je ne suis pas sûr que les raisons de cette abstention[1] fussent très claires ni très pures. D'un accord tacite[2] nous avions décidé, ma nièce et moi, de ne rien changer à notre vie, fût-ce le moindre détail : comme si l'offi-
35 cier n'existait pas ; comme s'il eût été un fantôme. Mais il se peut qu'un autre sentiment se mêlât dans mon cœur à cette volonté : je ne puis sans souffrir offenser un homme, fût-il mon ennemi.

Pendant longtemps, – plus d'un mois, – la même scène se répéta chaque jour. L'officier frappait et entrait. Il prononçait
40 quelques mots sur le temps, la température, ou quelque autre sujet de même importance : leur commune propriété étant qu'ils ne supposaient pas de réponse. Il s'attardait toujours un

---

1. Fait de s'abstenir de fermer la porte.
2. Spontané, qui n'a pas été discuté.

BIEN LIRE

L. 35-36 : Quel sentiment traduit l'expression « il se peut que » ?

peu au seuil de la petite porte. Il regardait autour de lui. Un très léger sourire traduisait le plaisir qu'il semblait prendre à cet exa-
45 men, – le même examen chaque jour et le même plaisir. Ses yeux s'attardaient sur le profil incliné de ma nièce, immanqua-blement sévère et insensible, et quand enfin il détournait son regard, j'étais sûr d'y pouvoir lire une sorte d'approbation sou-riante. Puis il disait en s'inclinant : « Je vous souhaite une bonne
50 nuit », et il sortait.

Les choses changèrent brusquement un soir. Il tombait au-dehors une neige fine mêlée de pluie, terriblement glaciale et mouillante. Je faisais brûler dans l'âtre[1] des bûches épaisses que je conservais pour ces jours-là. Malgré moi, j'imaginais l'offi-
55 cier, dehors, l'aspect saupoudré qu'il aurait en entrant. Mais il ne vint pas. L'heure était largement passée de sa venue et je m'agaçais de reconnaître qu'il occupait ma pensée. Ma nièce tricotait lentement, d'un air très appliqué.

Enfin des pas se firent entendre. Mais ils venaient de l'inté-
60 rieur de la maison. Je reconnus, à leur bruit inégal, la démarche de l'officier. Je compris qu'il était entré par l'autre porte, qu'il venait de sa chambre. Sans doute n'avait-il pas voulu paraître à nos yeux sous un uniforme trempé et sans prestige : il s'était d'abord changé.

---

1. Cheminée.

BIEN LIRE

L. 39-50 : Précisez la valeur de l'imparfait. Que signale le passage au passé simple (l. 51) ?

65 Les pas, – un fort, un faible, – descendirent l'escalier. La porte s'ouvrit et l'officier parut. Il était en civil. Le pantalon était d'épaisse flanelle grise, la veste de tweed bleu acier enchevêtré de mailles d'un brun chaud. Elle était large et ample, et tombait avec un négligé plein d'élégance. Sous la veste, un
70 chandail de grosse laine écrue moulait le torse mince et musclé.

— Pardonnez-moi, dit-il. Je n'ai pas chaud. J'étais très mouillé et ma chambre est très froide. Je me chaufferai quelques minutes à votre feu.

75 Il s'accroupit avec difficulté devant l'âtre, tendit les mains. Il les tournait et les retournait. Il disait : « Bien !... Bien !... » Il pivota et présenta son dos à la flamme, toujours accroupi et tenant un genou dans ses bras.

— Ce n'est rien ici, dit-il. L'hiver en France est une douce sai-
80 son. Chez moi, c'est bien dur. Très. Les arbres sont des sapins, des forêts serrées, la neige est lourde là-dessus. Ici, les arbres sont fins. La neige dessus, c'est une dentelle. Chez moi, on pense à un taureau, trapu et puissant, qui a besoin de sa force pour vivre. Ici, c'est l'esprit, la pensée subtile et poétique.

85 Sa voix était assez sourde, très peu timbrée. L'accent était léger, marqué seulement sur les consonnes dures. L'ensemble ressemblait à un bourdonnement plutôt chantant.

Il se leva. Il appuya l'avant-bras sur le linteau[1] de la haute cheminée, et son front sur le dos de sa main. Il était si grand

---

1. Pièce horizontale qui ferme la partie supérieure de la cheminée.

⁹⁰ qu'il devait se courber un peu ; moi, je ne me cognerais pas même le sommet de la tête.

Il demeura sans bouger assez longtemps, sans bouger et sans parler. Ma nièce tricotait avec une vivacité mécanique. Elle ne jeta pas les yeux sur lui, pas une fois. Moi, je fumais, à demi ⁹⁵ allongé dans mon grand fauteuil douillet. Je pensais que la pesanteur de notre silence ne pourrait pas être secouée. Que l'homme allait nous saluer et partir.

Mais le bourdonnement sourd et chantant s'éleva de nouveau ; on ne peut dire qu'il rompit le silence, ce fut plutôt ¹⁰⁰ comme s'il en était né.

– J'aimai toujours la France, dit l'officier sans bouger. Toujours. J'étais un enfant à l'autre guerre et ce que je pensais alors ne compte pas. Mais depuis je l'aimai toujours. Seulement c'était de loin. Comme la Princesse Lointaine. (Il fit une pause ¹⁰⁵ avant de dire gravement : À cause de mon père.)

Il se retourna et, les mains dans les poches de sa veste, s'appuya le long du jambage¹. Sa tête cognait un peu sur la console. De temps en temps il s'y frottait lentement l'occipital², d'un mouvement naturel de cerf. Un fauteuil était là offert, tout ¹¹⁰ près. Il ne s'y assit pas. Jusqu'au dernier jour, il ne s'assit jamais. Nous ne le lui offrîmes pas et il ne fit rien, jamais, qui pût passer pour de la familiarité.

Il répéta :

– À cause de mon père. Il était un grand patriote. La défaite

---

1. Montant vertical de la cheminée.
2. Le haut du crâne.

115 a été une violente douleur. Pourtant il aima la France. Il aima
Briand[1], il croyait dans la République de Weimar[2] et dans
Briand. Il était très enthousiaste. Il disait : « Il va nous unir,
comme mari et femme. » Il pensait que le soleil allait enfin se
lever sur l'Europe...

120 En parlant il regardait ma nièce. Il ne la regardait pas comme
un homme regarde une femme, mais comme il regarde une statue. Et en fait, c'était bien une statue. Une statue animée, mais
une statue.

– ... Mais Briand fut vaincu. Mon père vit que la France était
125 encore menée par vos Grands Bourgeois cruels, – les gens
comme vos de Wendel[3], vos Henry Bordeaux[4] et votre vieux
Maréchal[5]. Il me dit : « Tu ne devras jamais aller en France
avant d'y pouvoir entrer botté et casqué. » Je dus le promettre,
car il était près de la mort. Au moment de la guerre, je connais-
130 sais toute l'Europe, sauf la France.

Il sourit et dit, comme si cela avait été une explication :

– Je suis musicien.

Une bûche s'effondra, des braises roulèrent hors du foyer.
L'Allemand se pencha, ramassa les braises avec des pincettes. Il
135 poursuivit :

– Je ne suis pas exécutant : je compose de la musique. Cela

1. Homme politique français. Ministre plus de vingt fois, il était partisan de la paix et de la collaboration internationale. Aristide Briand fut prix Nobel de la paix en 1926.
2. République démocratique allemande, fondée en janvier 1919.
3. Grande famille d'industriels.
4. Écrivain français incarnant l'ordre moral et la foi traditionnelle.
5. Pétain

est toute ma vie, et, ainsi, c'est une drôle de figure pour moi
de me voir en homme de guerre. Pourtant je ne regrette pas
cette guerre. Non. Je crois que de ceci il sortira de grandes
140 choses...

   Il se redressa, sortit ses mains des poches et les tint à demi
levées.

   – Pardonnez-moi : peut-être j'ai pu vous blesser. Mais ce que
je disais, je le pense avec un très bon cœur : je le pense par
145 amour pour la France. Il sortira de très grandes choses pour
l'Allemagne et pour la France. Je pense, après mon père, que le
soleil va luire sur l'Europe.

   Il fit deux pas et inclina le buste. Comme chaque soir il dit :
« Je vous souhaite une bonne nuit. » Puis il sortit.

150   Je terminai silencieusement ma pipe. Je toussai un peu et je
dis : « C'est peut-être inhumain de lui refuser l'obole[1] d'un seul
mot. » Ma nièce leva son visage. Elle haussait très haut les sourcils, sur des yeux brillants et indignés. Je me sentis presque un
peu rougir.

---

1. Modeste offrande.

BIEN LIRE

L. 150-154 : Expliquez les sentiments respectifs de l'oncle et de sa nièce.

Depuis ce jour, ce fut le nouveau mode de ses visites. Nous ne le vîmes plus que rarement en tenue. Il se changeait d'abord et frappait ensuite à notre porte. Était-ce pour nous épargner la vue de l'uniforme ennemi ? Ou pour nous le faire oublier, – pour nous habituer à sa personne ? Les deux, sans doute. Il frappait, et entrait sans attendre une réponse qu'il savait que nous ne donnerions pas. Il le faisait avec le plus candide naturel, et venait se chauffer au feu, qui était le prétexte constant de sa venue, – un prétexte dont ni lui ni nous n'étions dupes, dont il ne cherchait pas même à cacher le caractère commodément conventionnel.

Il ne venait pas absolument chaque soir, mais je ne me souviens pas d'un seul où il nous quittât sans avoir parlé. Il se penchait sur le feu, et tandis qu'il offrait à la chaleur de la flamme quelque partie de lui-même, sa voix bourdonnante s'élevait doucement, et ce fut au long de ces soirées, sur les sujets qui habitaient son cœur, – son pays, la musique, la France, – un interminable monologue ; car pas une fois il ne tenta d'obtenir de nous une réponse, un acquiescement, ou même un regard. Il ne parlait pas longtemps, – jamais beaucoup plus longtemps que le premier soir. Il prononçait quelques phrases, parfois brisées de silence, parfois s'enchaînant avec la continuité monotone d'une prière. Quelquefois immobile contre la cheminée, comme une cariatide[1], quelquefois s'approchant, sans s'inter-

---

1. Statue de femme soutenant une corniche sur la tête.

rompre, d'un objet, d'un dessin au mur. Puis il se taisait, il s'in-
25 clinait et nous souhaitait une bonne nuit.

Il dit une fois (c'était dans les premiers temps de ses visites) :

– Où est la différence entre un feu de chez moi et celui-ci ? Bien sûr le bois, la flamme, la cheminée se ressemblent. Mais non la lumière. Celle-ci dépend des objets qu'elle éclaire, – des
30 habitants de ce fumoir[1], des meubles, des murs, des livres sur les rayons...

« Pourquoi aimé-je tant cette pièce ? dit-il pensivement. Elle n'est pas si belle, – pardonnez-moi !... (Il rit :) Je veux dire : ce n'est pas une pièce de musée... Vos meubles, on ne dit pas :
35 "Voilà des merveilles..." Non... Mais cette pièce a une âme. Toute cette maison a une âme.

Il était devant les rayons de la bibliothèque. Ses doigts sui-vaient les reliures d'une caresse légère.

– ... Balzac, Barrès, Baudelaire, Beaumarchais, Boileau,
40 Buffon... Chateaubriand, Corneille, Descartes, Fénelon, Flaubert... La Fontaine, France, Gautier, Hugo... Quel appel ! dit-il avec un rire léger et hochant la tête. Et je n'en suis qu'à la lettre *H* !... Ni Molière, ni Rabelais, ni Racine, ni Pascal, ni Stendhal, ni Voltaire, ni Montaigne, ni tous les autres !... (Il
45 continuait de glisser lentement le long des livres, et de temps en temps il laissait échapper un imperceptible « Ha ! », quand, je suppose, il lisait un nom auquel il ne songeait pas.) Les Anglais, reprit-il, on pense aussitôt : Shakespeare. Les Italiens : Dante.

---

1. Pièce où l'on se tient pour fumer.

L'Espagne : Cervantès. Et nous, tout de suite : Goethe. Après, il
50 faut chercher. Mais si on dit : « Et la France ? » Alors, qui surgit
à l'instant ? Molière ? Racine ? Hugo ? Voltaire ? Rabelais ? ou
quel autre ? Ils se pressent, ils sont comme une foule à l'entrée
d'un théâtre, on ne sait pas qui faire entrer d'abord.

Il se retourna et dit gravement :
55 — Mais pour la musique, alors c'est chez nous : Bach, Haendel,
Beethoven, Wagner, Mozart… quel nom vient le premier ?

« Et nous nous sommes fait la guerre ! dit-il lentement en
remuant la tête. (Il revint à la cheminée et ses yeux souriants se
posèrent sur le profil de ma nièce.) Mais c'est la dernière ! Nous
60 ne nous battrons plus : nous nous marierons ! (Ses paupières se
plissèrent, les dépressions sous les pommettes se marquèrent de
deux longues fossettes, les dents blanches apparurent. Il dit
gaiement :) Oui, oui ! (Un petit hochement de tête répéta l'af-
firmation.) Quand nous sommes entrés à Saintes, poursuivit-il
65 après un silence, j'étais heureux que la population nous recevait
bien. J'étais très heureux. Je pensais : "Ce sera facile." Et puis,
j'ai vu que ce n'était pas cela du tout, que c'était la lâcheté. (Il
était devenu grave.) J'ai méprisé ces gens. Et j'ai craint pour la
France. Je pensais : "Est-elle *vraiment* devenue ainsi ?" (Il secoua
70 la tête :) Non ! Non. Je l'ai vue ensuite ; et maintenant, je suis
heureux de son visage sévère.

Son regard se porta sur le mien, — que je détournai, — il s'at-
tarda un peu en divers points de la pièce, puis retourna sur le
visage, impitoyablement insensible, qu'il avait quitté.

75   – Je suis heureux d'avoir trouvé ici un vieil homme digne. Et une demoiselle silencieuse. Il faudra vaincre le silence. Il faudra vaincre ce silence de la France. Cela me plaît.

Il regardait ma nièce, le pur profil têtu et fermé, en silence et avec une insistance grave, où flottaient encore pourtant les 80 restes d'un sourire. Ma nièce le sentait. Je la voyais légèrement rougir, un pli peu à peu s'inscrire entre ses sourcils. Ses doigts tiraient un peu trop vivement, trop sèchement sur l'aiguille, au risque de rompre le fil.

– Oui, reprit la lente voix bourdonnante, c'est mieux ainsi. 85 Beaucoup mieux. Cela fait des unions solides, – des unions où chacun gagne de la grandeur... Il y a un très joli conte pour les enfants, que j'ai lu, que vous avez lu, que tout le monde a lu. Je ne sais si le titre est le même dans les deux pays. Chez moi, il s'appelle *Das Tier und die Schöne*, – « La Belle et la Bête »[1]. 90 Pauvre Belle ! La Bête la tient à merci, – impuissante et prisonnière, – elle lui impose à toute heure du jour son implacable et pesante présence... La Belle est fière, digne, – elle s'est faite dure... Mais la Bête vaut mieux qu'elle ne semble. Oh ! elle n'est pas très dégrossie ! Elle est maladroite, brutale, elle paraît bien 95 rustre auprès de la Belle si fine !... Mais elle a du cœur, oui, elle a une âme qui aspire à s'élever. Si la Belle voulait... ! La Belle met longtemps à vouloir. Pourtant, peu à peu, elle découvre au fond des yeux du geôlier haï une lueur, – un reflet où peuvent se lire la prière et l'amour. Elle sent moins la patte pesante,

---

1. Célèbre conte de la comtesse d'Aulnoy.

100 moins les chaînes de sa prison... Elle cesse de haïr, cette constance la touche, elle tend la main... Aussitôt la Bête se transforme, le sortilège qui la maintenait dans ce pelage barbare est dissipé : c'est maintenant un chevalier très beau et très pur, délicat et cultivé, que chaque baiser de la Belle pare de qualités
105 toujours plus rayonnantes... Leur union détermine un bonheur sublime. Leurs enfants, qui additionnent et mêlent les dons de leurs parents, sont les plus beaux que la Terre ait portés...

« N'aimiez-vous pas ce conte ? Moi, je l'aimai toujours. Je le relisais sans cesse. Il me faisait pleurer. J'aimais surtout la Bête,
110 parce que je comprenais sa peine. Encore aujourd'hui, je suis ému quand j'en parle.

Il se tut, respira avec force, et s'inclina :

– Je vous souhaite une bonne nuit.

BIEN LIRE

L. 88-111 : Quel message envoie Werner à travers sa référence à *La Belle et la Bête* **?**

Un soir, – j'étais monté dans ma chambre pour y chercher du tabac, – j'entendis s'élever le chant de l'harmonium. On jouait ces *VIIIes Prélude et Fugue* que travaillait ma nièce avant la débâcle. Le cahier était resté ouvert à cette page mais, jusqu'à
5 ce soir-là, ma nièce ne s'était pas résolue à de nouveaux exercices. Qu'elle les eût repris souleva en moi du plaisir et de l'étonnement : quelle nécessité intérieure pouvait bien l'avoir soudain décidée ?

Ce n'était pas elle. Elle n'avait pas quitté son fauteuil ni son
10 ouvrage. Son regard vint à la rencontre du mien, m'envoya un message que je ne déchiffrai pas. Je considérai le long buste devant l'instrument, la nuque penchée, les mains longues, fines, nerveuses, dont les doigts se déplaçaient sur les touches comme des individus autonomes.

15 Il joua seulement le *Prélude*. Il se leva, rejoignit le feu.

– Rien n'est plus grand que cela, dit-il de sa voix sourde qui ne s'éleva pas beaucoup plus haut qu'un murmure. Grand ?... ce n'est pas même le mot. Hors de l'homme, – hors de sa chair. Cela nous fait comprendre, non : deviner... non :
20 pressentir... pressentir ce qu'est la nature... désinvestie... de

BIEN LIRE

L. 15-22 : Que veut dire Werner, d'après vous ? Aidez-vous des mots clés.

l'âme humaine. Oui : c'est une la nature divine et inconnais-
sable... la nature... musique inhumaine. »

Il parut, dans un silence songeur, explorer sa propre pensée.
Il se mordillait lentement une lèvre.

25 – Bach... Il ne pouvait être qu'allemand. Notre terre a ce
caractère : ce caractère inhumain. Je veux dire : pas à la mesure
de l'homme.

Un silence, puis :

– Cette musique-là, je l'aime, je l'admire, elle me comble,
30 elle est en moi comme la présence de Dieu, mais... Mais ce n'est
pas la mienne.

« Je veux faire, moi, une musique à la mesure de l'homme :
cela aussi est un chemin pour atteindre la vérité. C'est *mon* chemin. Je n'en voudrais, je n'en pourrais suivre un autre. Cela,
35 maintenant, je le sais. Je le sais tout à fait. Depuis quand ?
Depuis que je vis ici.

Il nous tourna le dos. Il appuya ses mains au linteau, s'y
retint par les doigts et offrit son visage à la flamme entre ses
avant-bras, comme à travers les barreaux d'une grille. Sa voix se
40 fit plus sourde et plus bourdonnante :

– Maintenant j'ai besoin de la France. Mais je demande
beaucoup : je demande qu'elle m'accueille. Ce n'est rien, être

BIEN LIRE

L. 33 : Commentez l'usage des italiques dans l'adjectif possessif
« *mon* ».

chez elle comme un étranger, – un voyageur ou un conqué-
rant. Elle ne donne rien alors, – car on ne peut rien lui
45 prendre. Sa richesse, sa haute richesse, on ne peut la conquérir.
Il faut la boire à son sein, il faut qu'elle vous offre son sein dans
un mouvement et un sentiment maternels... Je sais bien que
cela dépend de nous... Mais cela dépend d'elle aussi. Il faut
qu'elle accepte de comprendre notre soif, et qu'elle accepte de
50 l'étancher... qu'elle accepte de s'unir à nous.

　　Il se redressa, sans cesser de nous tourner le dos, les doigts
toujours accrochés à la pierre.

　　– Moi, dit-il un peu plus haut, il faudra que je vive ici, longtemps. Dans une maison pareille à celle-ci. Comme le fils d'un
55 village pareil à ce village... Il faudra....

　　Il se tut. Il se tourna vers nous. Sa bouche souriait, mais non
ses yeux qui regardaient ma nièce.

　　– Les obstacles seront surmontés, dit-il. La sincérité toujours
surmonte les obstacles.

60 　　« Je vous souhaite une bonne nuit...

Je ne puis me rappeler, aujourd'hui, tout ce qui fut dit au cours de plus de cent soirées d'hiver. Mais le thème n'en variait guère. C'était la longue rhapsodie[1] de sa découverte de la France : l'amour qu'il en avait de loin, avant de la connaître, et
5 l'amour grandissant chaque jour qu'il éprouvait depuis qu'il avait le bonheur d'y vivre. Et, ma foi, je l'admirais. Oui : qu'il ne se décourageât pas. Et que jamais il ne fût tenté de secouer cet implacable silence par quelque violence de langage... Au contraire, quand parfois il laissait ce silence envahir la pièce et la
10 saturer jusqu'au fond des angles comme un gaz pesant et irrespirable, il semblait bien être celui de nous trois qui s'y trouvait le plus à l'aise. Alors il regardait ma nièce, avec cette expression d'approbation à la fois souriante et grave qui avait été la sienne dès le premier jour. Et moi je sentais l'âme de ma nièce s'agiter
15 dans cette prison qu'elle avait elle-même construite, je le voyais à bien des signes dont le moindre était un léger tremblement des doigts. Et quand enfin Werner von Ebrennac dissipait ce silence, doucement et sans heurt par le filtre de sa bourdonnante voix, il semblait qu'il me permît de respirer plus librement.
20 Il parlait de lui, souvent :

---

1. Musique d'inspiration libre, nationale et populaire (mot employé ici au sens figuré).

BIEN LIRE

L. 3-4 : « C'était la longue rhapsodie de sa découverte de la France... » Expliquez cette phrase. Sur quelle figure de style est-elle construite ?

– Ma maison dans la forêt, j'y suis né, j'allais à l'école du village, de l'autre côté ; je ne l'ai jamais quittée, jusqu'à ce que
j'étais à Munich, pour les examens, et à Salzbourg, pour la
musique. Depuis, j'ai toujours vécu là-bas. Je n'aimais pas les
25 grandes villes. J'ai connu Londres, Vienne, Rome, Varsovie, les
villes allemandes naturellement. Je n'aime pas pour vivre.
J'aimais seulement beaucoup Prague, – aucune autre ville n'a
autant d'âme. Et surtout Nuremberg. Pour un Allemand, c'est
la ville qui dilate son cœur, parce qu'il retrouve là les fantômes
30 chers à son cœur, le souvenir dans chaque pierre de ceux qui
firent la noblesse de la vieille Allemagne. Je crois que les
Français doivent éprouver la même chose, devant la cathédrale
de Chartres. Ils doivent aussi sentir tout contre eux la présence
des ancêtres, – la grâce de leur âme, la grandeur de leur foi, et
35 leur gentillesse. Le destin m'a conduit sur Chartres. Oh ! vraiment quand elle apparaît, par-dessus les blés mûrs, toute bleue
de lointain et transparente, immatérielle, c'est une grande émotion ! J'imaginais les sentiments de ceux qui venaient jadis à
elle, à pied, à cheval ou sur des chariots... Je partageais ces sen-
40 timents et j'aimais ces gens, et comme je voudrais être leur
frère !

Son visage s'assombrit.

– Cela est dur à entendre sans doute d'un homme qui venait
sur Chartres dans une grande voiture blindée... Mais pourtant
45 c'est vrai. Tant de choses remuent ensemble dans l'âme d'un
Allemand, même le meilleur ! Et dont il aimerait tant qu'on le

guérisse... (Il sourit de nouveau, un très léger sourire qui graduellement éclaira tout le visage, puis :)

« Il y a, dans le château voisin de chez nous, une jeune fille...
Elle est très belle et très douce. Mon père toujours se réjouissait si je l'épouserais. Quand il est mort, nous étions presque fiancés, on nous permettait de faire de grandes promenades, tous les deux seuls.

Il attendit, pour continuer, que ma nièce eût enfilé de nouveau le fil, qu'elle venait de casser. Elle le faisait avec une grande application, mais le chas était très petit et ce fut difficile. Enfin elle y parvint.

– Un jour, reprit-il, nous étions dans la forêt. Les lapins, les écureuils filaient devant nous. Il y avait toutes sortes de fleurs, – des jonquilles, des jacinthes sauvages, des amaryllis... La jeune fille s'exclamait de joie. Elle dit : "Je suis heureuse, Werner. J'aime, oh! j'aime ces présents de Dieu!" J'étais heureux, moi aussi. Nous nous allongeâmes sur la mousse, au milieu des fougères. Nous ne parlions pas. Nous regardions au-dessus de nous les cimes des sapins se balancer, les oiseaux voler de branche en branche. La jeune fille poussa un petit cri : "Oh! il m'a piquée sur le menton! Sale petite bête, vilain petit moustique!" Puis je lui vis faire un geste vif de la main. "J'en ai attrapé un, Werner!

BIEN LIRE

L. 50-51 : Corrigez la phrase « Mon père toujours se réjouissait si je l'épouserais ».

Oh! regardez, je vais le punir : je lui – arrache – les pattes –
70 l'une – après – l'autre...", et elle le faisait...

« Heureusement, continua-t-il, elle avait beaucoup d'autres
prétendants. Je n'eus pas de remords. Mais aussi j'étais effrayé
pour toujours à l'égard des jeunes filles allemandes.

Il regarda pensivement l'intérieur de ses mains et dit :

75 – Ainsi sont aussi chez nous les hommes politiques. C'est pourquoi je n'ai jamais voulu m'unir à eux, malgré mes camarades qui
m'écrivaient : *Venez nous rejoindre.* Non : je préférai rester toujours
dans ma maison. Ce n'était pas bon pour le succès de la musique,
mais tant pis : le succès est peu de chose, auprès d'une conscience
80 en repos. Et, vraiment, je sais bien que mes amis et notre Führer[1]
ont les plus grandes et les plus nobles idées. Mais je sais aussi qu'ils
arracheraient aux moustiques les pattes l'une après l'autre. C'est
cela qui arrive aux Allemands toujours quand ils sont très seuls :
cela remonte toujours. Et qui de plus "seuls" que les hommes du
85 même Parti, quand ils sont les maîtres ?

« Heureusement, maintenant ils ne sont plus seuls : ils sont
en France. La France les guérira. Et je vais vous le dire : ils le
savent. Ils savent que la France leur apprendra à être des
hommes vraiment grands et purs.

---

1. Mot allemand signifiant « guide »
et qui désigne Adolf Hitler.

BIEN LIRE

**L. 71-73 : Commentez ces paroles de
Werner. Que signifient-elles ?**

90   Il se dirigea vers la porte. Il dit d'une voix retenue, comme pour lui-même :

— Mais pour cela il faut l'amour.

Il tint un moment la porte ouverte ; le visage tourné sur l'épaule, il regardait la nuque de ma nièce penchée sur son
95 ouvrage, la nuque frêle et pâle d'où les cheveux s'élevaient en torsades de sombre acajou. Il ajouta, sur un ton de calme résolution :

— Un amour partagé.

Puis il détourna la tête, et la porte se ferma sur lui tandis qu'il
100 prononçait d'une voix rapide les mots quotidiens :

— Je vous souhaite une bonne nuit…

BIEN LIRE

L. 92 : Comment comprendre le mot « amour » ? Commentez la reprise de ce terme ligne 98, sous la forme « un amour partagé ».

Les longs jours printaniers arrivaient. L'officier descendait maintenant aux derniers rayons du soleil. Il portait toujours son pantalon de flanelle grise, mais sur le buste une veste plus légère en jersey de laine couleur de bure[1] couvrait une chemise
5 de lin au col ouvert. Il descendit un soir, tenant un livre refermé sur l'index. Son visage s'éclairait de ce demi-sourire contenu, qui préfigure le plaisir escompté d'autrui. Il dit :

– J'ai descendu ceci pour vous. C'est une page de MACBETH. Dieux ! Quelle grandeur !

10 Il ouvrit le livre.

– C'est la fin. La puissance de Macbeth file entre ses doigts, avec l'attachement de ceux qui mesurent enfin la noirceur de son ambition. Les nobles seigneurs qui défendent l'honneur de l'Écosse attendent sa ruine prochaine. L'un d'eux décrit les
15 symptômes dramatiques de cet écroulement...

Et il lut lentement, avec une pesanteur pathétique :

ANGUS

Maintenant il sent ses crimes secrets coller à ses mains. À chaque minute des hommes de cœur révoltés lui reprochent sa mauvaise foi.
20 *Ceux qu'il commande obéissent à la crainte et non plus à l'amour.*

---

1. Brune. La bure est une étoffe grossière de cette couleur.

Désormais il voit son titre pendre autour de lui, flottant comme la robe d'un géant sur le nain qui l'a volée.

Il releva la tête et rit. Je me demandais avec stupeur s'il pensait au même tyran que moi. Mais il dit :

— N'est-ce pas là ce qui doit troubler les nuits de votre Amiral ? Je plains cet homme, vraiment, malgré le mépris qu'il m'inspire comme à vous. *Ceux qu'il commande obéissent à la crainte et non plus à l'amour.* Un chef qui n'a pas l'amour des siens est un bien misérable mannequin. Seulement... seulement... pouvait-on souhaiter autre chose ? Qui donc, sinon un aussi morne ambitieux, eût accepté ce rôle ? Or, il le fallait. Oui, il fallait quelqu'un qui acceptât de vendre sa patrie parce que, aujourd'hui, — aujourd'hui et pour longtemps, — la France ne peut tomber volontairement dans nos bras ouverts sans perdre à ses yeux sa propre dignité. Souvent la plus sordide entremetteuse est ainsi à la base de la plus heureuse alliance. L'entremetteuse n'en est pas moins méprisable, ni l'alliance moins heureuse.

Il fit claquer le livre en le fermant, l'enfonça dans la poche de sa veste et d'un mouvement machinal frappa deux fois cette poche de la paume de la main. Puis, son long visage éclairé d'une expression heureuse, il dit :

— Je dois prévenir mes hôtes que je serai absent pour deux semaines. Je me réjouis d'aller à Paris. C'est maintenant le tour de ma permission et je la passerai à Paris, pour la première fois. C'est un grand jour pour moi. C'est le plus grand jour, en attendant un autre que j'espère avec toute mon âme et qui sera encore un plus grand jour. Je saurai l'attendre des années, s'il le faut. Mon cœur a beaucoup de patience.

« À Paris, je suppose que je verrai mes amis, dont beaucoup
50 sont présents aux négociations que nous menons avec vos hommes politiques, pour préparer la merveilleuse union de nos deux peuples. Ainsi je serai un peu le témoin de ce mariage... Je veux vous dire que je me réjouis pour la France, dont les blessures de cette façon cicatriseront très vite, mais je me réjouis
55 bien plus encore pour l'Allemagne et pour moi-même! Jamais personne n'aura profité de sa bonne action, autant que fera l'Allemagne en rendant sa grandeur à la France et sa liberté!

« Je vous souhaite une bonne nuit...

BIEN LIRE

L. 51-52 : « Merveilleuse union », « mariage ». Qu'ont ces paroles d'inadmissible pour les hôtes de l'officier ?

*Éteignons cette lumière, pour ensuite
éteindre celle de sa vie.*

OTHELLO

Nous ne le vîmes pas quand il revint.

Nous le savions là, parce que la présence d'un hôte dans une maison se révèle par bien des signes, même lorsqu'il reste invisible. Mais pendant de nombreux jours, – beaucoup plus
5 d'une semaine, – nous ne le vîmes pas.

L'avouerai-je ? Cette absence ne me laissait pas l'esprit en repos. Je pensais à lui, je ne sais pas jusqu'à quel point je n'éprouvais pas du regret, de l'inquiétude. Ni ma nièce ni moi nous n'en parlâmes. Mais lorsque parfois le soir nous enten-
10 dions là-haut résonner sourdement les pas inégaux, je voyais bien, à l'application têtue qu'elle mettait soudain à son ouvrage, à quelques lignes légères qui marquaient son visage d'une expression à la fois butée et attentive, qu'elle non plus n'était pas exempte[1] de pensées pareilles aux miennes.

15 Un jour je dus aller à la Kommandantur[2], pour une quelconque déclaration de pneus. Tandis que je remplissais le formulaire qu'on m'avait tendu, Werner von Ebrennac sortit de son bureau. Il ne me vit pas tout d'abord. Il parlait au sergent, assis à une petite table devant un haut miroir au mur.
20 J'entendais sa voix sourde aux inflexions chantantes et je restais

---

1. Libre.
2. Local où se trouve installé le commandement militaire allemand.

BIEN LIRE

L. 2-3 : Par quels signes peut se révéler la présence d'une personne dans une maison ?

là, bien que je n'eusse plus rien à y faire, sans savoir pourquoi, curieusement ému, attendant je ne sais quel dénouement. Je voyais son visage dans la glace, il me paraissait pâle et tiré. Ses yeux se levèrent, ils tombèrent sur les miens, pendant deux
25 secondes nous nous regardâmes, et brusquement il pivota sur ses talons et me fit face. Ses lèvres s'entrouvrirent et avec lenteur il leva légèrement une main, que presque aussitôt il laissa retomber. Il secoua imperceptiblement la tête avec une irrésolution pathétique, comme s'il se fût dit « non » à lui-même, sans
30 pourtant me quitter des yeux. Puis il esquissa une inclination du buste en laissant glisser son regard à terre, et il regagna, en clochant, son bureau, où il s'enferma.

De cela je ne dis rien à ma nièce. Mais les femmes ont une divination de félin. Tout au long de la soirée elle ne cessa de lever les
35 yeux de son ouvrage, à chaque minute, pour les porter sur moi ; pour tenter de lire quelque chose sur un visage que je m'efforçais de tenir impassible, tirant sur ma pipe avec application. À la fin, elle laissa tomber ses mains, comme fatiguée, et, pliant l'étoffe, me demanda la permission de s'aller coucher de bonne heure. Elle pas-
40 sait deux doigts lentement sur son front comme pour chasser une migraine. Elle m'embrassa et il me sembla lire dans ses beaux yeux gris un reproche et une assez pesante tristesse. Après son départ, je me sentis soulevé par une absurde colère : la colère d'être absurde et d'avoir une nièce absurde. Qu'est-ce que c'était que toute cette
45 idiotie ? Mais je ne pouvais pas me répondre. Si c'était une idiotie, elle semblait bien enracinée.

Ce fut trois jours plus tard que, à peine avions-nous vidé nos tasses, nous entendîmes naître, et cette fois sans conteste approcher, le battement irrégulier des pas familiers. Je me rappelai
50 brusquement ce premier soir d'hiver où ces pas s'étaient fait entendre, six mois plus tôt. Je pensai : « Aujourd'hui aussi il pleut. » Il pleuvait durement depuis le matin. Une pluie régulière et entêtée, qui noyait tout à l'entour et baignait l'intérieur même de la maison d'une atmosphère froide et moite. Ma nièce
55 avait couvert ses épaules d'un carré de soie imprimé où dix mains inquiétantes, dessinées par Jean Cocteau[1], se désignaient mutuellement avec mollesse ; moi, je réchauffais mes doigts sur le fourneau de ma pipe, – et nous étions en juillet !

Les pas traversèrent l'antichambre et commencèrent de faire
60 gémir les marches. L'homme descendait lentement, avec une lenteur sans cesse croissante, mais non pas comme un qui hésite : comme un dont la volonté subit une exténuante épreuve. Ma nièce avait levé la tête et elle me regardait, elle attacha sur moi, pendant tout ce temps, un regard transparent et
65 inhumain de grand-duc[2]. Et quand la dernière marche eut crié

---

1. Artiste et écrivain français (1889-1963), célèbre notamment pour ses dessins.
2. Variété de hibou.

BIEN LIRE

L. 51 : Notez la durée du séjour de Werner chez ses hôtes.
L. 60 et 65 : À quel champ lexical appartiennent les termes « gémir » et « crié » ? Déterminez la figure de style utilisée.
L. 64-65 : Expliquez l'expression « un regard transparent et inhumain de grand-duc ».

et qu'un long silence suivit, le regard de ma nièce s'envola, je vis les paupières s'alourdir, la tête s'incliner et tout le corps se confier au dossier du fauteuil avec lassitude.

Je ne crois pas que ce silence ait dépassé quelques secondes. 70 Mais ce furent de longues secondes. Il me semblait voir l'homme, derrière la porte, l'index levé prêt à frapper, et retardant, retardant le moment où, par le seul geste de frapper, il allait engager l'avenir... Enfin il frappa. Et ce ne fut ni avec la légèreté de l'hésitation, ni la brusquerie de la timidité vaincue, 75 ce furent trois coups pleins et lents, les coups assurés et calmes d'une décision sans retour. Je m'attendais à voir comme autrefois la porte aussitôt s'ouvrir. Mais elle resta close, et alors je fus envahi par une incoercible[1] agitation d'esprit, où se mêlait à l'interrogation l'incertitude des désirs contraires et que chacune 80 des secondes qui s'écoulaient, me semblait-il, avec une précipitation croissante de cataracte[2], ne faisait que rendre plus confuse et sans issue. Fallait-il répondre ? Pourquoi ce changement ? Pourquoi attendait-il que nous rompions ce soir un silence dont il avait montré par son attitude antérieure combien il en approuvait la salutaire ténacité ? Quels étaient ce soir, – ce soir, – les commandements de la dignité ?

Je regardai ma nièce, pour pêcher dans ses yeux un encouragement ou un signe. Mais je ne trouvai que son profil. Elle regardait le bouton de la porte. Elle le regardait avec cette fixité

---

1. Qu'on ne peut contenir, retenir.
2. Chute des eaux d'un grand cours d'eau, cascade.

90 inhumaine de grand-duc qui m'avait déjà frappé, elle était très
pâle, et je vis, glissant sur les dents dont apparut une fine ligne
blanche, se lever la lèvre supérieure dans une contraction douloureuse ; et moi, devant ce drame intime soudain dévoilé et
qui dépassait de si haut le tourment bénin de mes tergiversa-
95 tions[1], je perdis mes dernières forces. À ce moment, deux nouveaux coups furent frappés, – deux seulement, deux coups
faibles et rapides, – et ma nièce dit : « Il va partir... » d'une voix
basse et si complètement découragée que je n'attendis pas
davantage et dis d'une voix claire : « Entrez, monsieur. »

00 Pourquoi ajoutai-je « monsieur » ? Pour marquer que j'invi-
tais l'homme et non l'officier ennemi ? Ou, au contraire, pour
montrer que je n'ignorais pas *qui* avait frappé et que c'était bien
à celui-là que je m'adressais ? Je ne sais. Peu importe. Il subsiste
que je dis : « Entrez, monsieur » et qu'il entra.

105 J'imaginais le voir paraître en civil et il était en uniforme. Je
dirais volontiers qu'il était plus que jamais en uniforme, si l'on
comprend par là qu'il m'apparut clairement que, cette tenue, il
l'avait endossée dans la ferme intention de nous en imposer la
vue. Il avait rabattu la porte sur le mur et il se tenait droit dans
110 l'embrasure, si droit et si raide que j'en étais presque à douter si
j'avais devant moi le même homme et que, pour la première fois,
je pris garde à sa ressemblance surprenante avec l'acteur Louis
Jouvet[2]. Il resta ainsi quelques secondes droit, raide et silencieux,

1. Hésitations.
2. Célèbre acteur de l'époque (1887-1951).

les pieds légèrement écartés et les bras tombant sans expression le
115 long du corps, et le visage si froid, si parfaitement impassible[1],
qu'il ne semblait pas que le moindre sentiment pût l'habiter.

Mais moi qui étais assis dans mon fauteuil profond et avais le
visage à hauteur de sa main gauche, je voyais cette main, mes
yeux furent saisis par cette main et y demeurèrent comme
120 enchaînés, à cause du spectacle pathétique[2] qu'elle me donnait et
qui démentait pathétiquement toute l'attitude de l'homme...

J'appris ce jour-là qu'une main peut, pour qui sait l'observer,
refléter les émotions aussi bien qu'un visage, – aussi bien et
mieux qu'un visage car elle échappe davantage au contrôle de la
125 volonté. Et les doigts de cette main-là se tendaient et se pliaient,
se pressaient et s'accrochaient, se livraient à la plus intense
mimique tandis que le visage et tout le corps demeuraient
immobiles et compassés[3].

Puis les yeux parurent revivre, ils se portèrent un instant sur
130 moi, – il me sembla être guetté par un faucon, – des yeux luisants entre les paupières écartées et raides, les paupières à la fois
fripées et raides d'un être tenu par l'insomnie. Ensuite ils se
posèrent sur ma nièce – et ils ne la quittèrent plus.

La main enfin s'immobilisa, tous les doigts repliés et crispés
135 dans la paume, la bouche s'ouvrit (les lèvres en se séparant
firent : « Pp... » comme le goulot débouché d'une bouteille
vide), et l'officier dit, – sa voix était plus sourde que jamais :

---

1. D'apparence calme, qui ne montre aucune émotion.
2. Qui émeut vivement.
3. Étudiés, composés.

– Je dois vous adresser des paroles graves.

Ma nièce lui faisait face, mais elle baissait la tête. Elle enrou-
140 lait autour de ses doigts la laine d'une pelote, tandis que la
pelote se défaisait en roulant sur le tapis ; ce travail absurde était
le seul sans doute qui pût encore s'accorder à son attention abo-
lie, – et lui épargner la honte.

L'officier reprit, – l'effort était si visible qu'il semblait que ce
145 fût au prix de sa vie :

– Tout ce que j'ai dit ces six mois, tout ce que les murs de
cette pièce ont entendu... (il respira, avec un effort d'asthma-
tique, garda un instant la poitrine gonflée...) il faut... (il respira...) il faut l'oublier.

150 La jeune fille lentement laissa tomber ses mains au creux de
sa jupe, où elles demeurèrent penchées et inertes comme des
barques échouées sur le sable, et lentement elle leva la tête, et
alors, pour la première fois, – pour la première fois, – elle
offrit à l'officier le regard de ses yeux pâles.

155 Il dit (à peine si je l'entendis) : « *Oh welch'ein Licht!* »[1], pas
même un murmure ; et comme si en effet ses yeux n'eussent pas
pu supporter cette lumière, il les cacha derrière son poignet. Deux
secondes ; puis il laissa retomber sa main, mais il avait baissé les
paupières et ce fut à lui désormais de tenir ses regards à terre...

---

1. « Oh ! quelle lumière ! »

BIEN LIRE

L. 153-154 : Soyez attentif(ive) au verbe dans l'expression « Elle offrit à l'officier le regard de ses yeux pâles ». Que suggère-t-il ?

160 Ses lèvres firent : « Pp... » et il prononça, – la voix était sourde, sourde, sourde :

– J'ai vu ces hommes victorieux.

Puis, après quelques secondes, d'une voix plus basse encore :

– Je leur ai parlé.

165 Et enfin dans un murmure, avec une lenteur amère :

– Ils ont ri de moi.

Il leva les yeux sur ma personne et avec gravité hocha trois fois imperceptiblement la tête. Les yeux se fermèrent, puis :

– Ils ont dit : « Vous n'avez pas compris que nous les ber-
170 nons ? » Ils ont dit cela. Exactement. *Wir prellen sie.* Ils ont dit : « Vous ne supposez pas que nous allons sottement laisser la France se relever à notre frontière ? Non ? » Ils rirent très fort. Ils me frappaient joyeusement le dos en regardant ma figure : « Nous ne sommes pas des musiciens ! »

175 Sa voix marquait, en prononçant ces derniers mots, un obscur mépris, dont je ne sais s'il reflétait ses propres sentiments à l'égard des autres ou le ton même des paroles de ceux-ci.

– Alors j'ai parlé longtemps, avec beaucoup de véhémence. Ils faisaient : « Tst ! Tst ! » Ils ont dit : « La politique n'est pas un
180 rêve de poète. Pourquoi supposez-vous que nous avons fait la guerre ? Pour leur vieux Maréchal ? » Ils ont encore ri : « Nous

BIEN LIRE | L. 162 : Qui sont « ces hommes victorieux » ?

ne sommes pas des fous ni des niais : nous avons l'occasion de détruire la France, elle le sera. Pas seulement sa puissance : son âme aussi. Son âme surtout. Son âme est le plus grand danger. C'est notre travail en ce moment : ne vous y trompez pas, mon cher ! Nous la pourrirons par nos sourires et nos ménagements. Nous en ferons une chienne rampante. »

Il se tut. Il semblait essoufflé. Il serrait les mâchoires avec une telle énergie que je voyais saillir les pommettes et une veine, épaisse et tortueuse comme un ver, battre sous la tempe. Soudain toute la peau de son visage remua, dans une sorte de frémissement souterrain, – comme fait un coup de brise sur un lac ; comme, aux premières bulles, la pellicule de crème durcie à la surface d'un lait qu'on fait bouillir. Et ses yeux s'accrochèrent aux yeux pâles et dilatés de ma nièce, et il dit, sur un ton bas, uniforme, intense et oppressé, avec une lenteur accablée :

– Il n'y a pas d'espoir. (Et d'une voix plus sourde encore et plus basse, et plus lente, comme pour se torturer lui-même de cette intolérable constatation :) Pas d'espoir. Pas d'espoir. (Et soudain, d'une voix inopinément haute et forte, et à ma surprise claire et timbrée, comme un coup de clairon, – comme un cri :) Pas d'espoir !

Ensuite, le silence.

Je crus l'entendre rire. Son front, bourrelé et fripé, ressemblait à un grelin d'amarre[1]. Ses lèvres tremblèrent, – des lèvres de malade à la fois fiévreuses et pâles.

---

1. Fort cordage qui sert à retenir un navire à quai.

– Ils m'ont blâmé, avec un peu de colère : « Vous voyez bien !
Vous voyez combien vous l'aimez ! Voilà le grand Péril ! Mais
nous guérirons l'Europe de cette peste ! Nous la purgerons de
210 ce poison !» Ils m'ont tout expliqué, oh ! ils ne m'ont rien laissé
ignorer. Ils flattent vos écrivains, mais en même temps, en
Belgique, en Hollande, dans tous les pays qu'occupent nos
troupes, ils font déjà le barrage. Aucun livre français ne peut
plus passer, – sauf les publications techniques, manuels de
215 dioptrique[1] ou formulaires de cémentation[2]... Mais les
ouvrages de culture générale, aucun. Rien !

Son regard passa par-dessus ma tête, volant et se cognant aux
coins de la pièce comme un oiseau de nuit égaré. Enfin il sembla trouver refuge sur les rayons les plus sombres, – ceux où
220 s'alignent Racine, Ronsard, Rousseau. Ses yeux restèrent accrochés là et sa voix reprit, avec une violence gémissante :

– Rien, rien, personne ! (Et comme si nous n'avions pas compris encore, pas mesuré l'énormité de la menace :) Pas seulement vos modernes ! Pas seulement vos Péguy, vos Proust, vos
225 Bergson... Mais tous les autres ! Tous ceux-là ! Tous ! Tous !
Tous !»

Son regard encore une fois balaya les reliures doucement lui-
sant dans la pénombre, comme pour une caresse désespérée.

– Ils éteindront la flamme tout à fait ! cria-t-il. L'Europe ne
230 sera plus éclairée par cette lumière !

---

1. Partie de l'optique qui s'occupe des phénomènes de réfraction.
2. Opération par laquelle on chauffe un métal au contact d'une substance appelée « cément » pour
lui faire acquérir certaines propriétés.

Et sa voix creuse et grave fit vibrer jusqu'au fond de ma poitrine, inattendu et saisissant, le cri dont l'ultime syllabe traînait comme une frémissante plainte :

– *Nevermore !*[1]

235 Le silence tomba une fois de plus. Une fois de plus, mais, cette fois, combien plus obscur et tendu ! Certes, sous les silences d'antan, – comme, sous la calme surface des eaux, la mêlée des bêtes dans la mer, – je sentais bien grouiller la vie sous-marine des sentiments cachés, des désirs et des pensées qui 240 se nient et qui luttent. Mais sous celui-ci, ah ! rien qu'une affreuse oppression...

La voix brisa enfin ce silence. Elle était douce et malheureuse :

– J'avais un ami. C'était mon frère. Nous avions étudié de 245 compagnie[2]. Nous habitions la même chambre à Stuttgart. Nous avions passé trois mois ensemble à Nuremberg. Nous ne faisions rien l'un sans l'autre : je jouais devant lui ma musique ; il me lisait ses poèmes. Il était sensible et romantique. Mais il me quitta. Il alla lire ses poèmes à Munich, devant de nouveaux 250 compagnons. C'est lui qui m'écrivait sans cesse de venir les retrouver. C'est lui que j'ai vu à Paris avec ses amis. J'ai vu ce qu'ils ont fait de lui !

---

1. « Plus jamais ! » en anglais.
2. Ensemble.

BIEN LIRE

L. 229 : Expliquez l'image « Ils éteindront la flamme ».
L. 235-241 : Quels types de silences le narrateur oppose-t-il ?

Il remua lentement la tête, comme s'il eût dû opposer un refus douloureux à quelque supplication.

255 — Il était le plus enragé ! Il mélangeait la colère et le rire. Tantôt il me regardait avec flamme et criait : « C'est un venin ! Il faut vider la bête de son venin ! » Tantôt il donnait dans mon estomac des petits coups du bout de son index : « Ils ont la grande peur maintenant, ah ! ah ! ils craignent pour leurs

260 poches et pour leur ventre, — pour leur industrie et leur commerce ! Ils ne pensent qu'à ça ! Les rares autres, nous les flattons et les endormons, ah ! ah !... Ce sera facile ! » Il riait et sa figure devenait toute rose : « Nous échangeons leur âme contre un plat de lentilles ! »

265 Werner respira :

— J'ai dit : « Avez-vous mesuré ce que vous faites ? L'avez-vous MESURÉ ? » Il a dit : « Attendez-vous que cela nous intimide ? Notre lucidité est d'une autre trempe[1] ! » J'ai dit : « Alors vous scellerez ce tombeau ? — à jamais ? » Il a dit : « C'est la vie ou la

270 mort. Pour conquérir suffit la Force : pas pour dominer. Nous savons très bien qu'une armée n'est rien pour dominer.

— Mais au prix de l'Esprit ! criai-je. Pas à ce prix !

— L'Esprit ne meurt jamais, dit-il. Il en a vu d'autres. Il renaît de ses cendres. Nous devons bâtir pour dans mille ans : d'abord

---

1. Énergie, force.

BIEN LIRE
L. 257 : Qui est « la bête » ? Que signifie l'expression « Il faut vider la bête de son venin » ?
L. 258 : Qui est désigné par le pronom « ils » ?

il faut détruire. » Je le regardais. Je regardais au fond de ses yeux clairs. Il était sincère, oui. C'est ça le plus terrible.

Ses yeux s'ouvrirent très grands, – comme sur le spectacle de quelque abominable meurtre.

– Ils feront ce qu'ils disent ! s'écria-t-il comme si nous n'avions pas dû le croire. Avec méthode et persévérance ! Je connais ces diables acharnés !

Il secoua la tête, comme un chien qui souffre d'une oreille. Un murmure passa entre ses dents serrées, le « oh » gémissant et violent de l'amant trahi.

Il n'avait pas bougé. Il était toujours immobile, raide et droit dans l'embrasure de la porte, les bras allongés comme s'ils eussent eu à porter des mains de plomb ; et pâle, – non pas comme de la cire, mais comme le plâtre de certains murs délabrés : gris, avec des taches plus blanches de salpêtre[1].

Je le vis lentement incliner le buste. Il leva une main. Il la projeta, la paume en dessous, les doigts un peu pliés, vers ma nièce, vers moi. Il la contracta, il l'agita un peu tandis que l'expression de son visage se tendait avec une sorte d'énergie farouche. Ses lèvres s'entrouvrirent, et je crus qu'il allait nous lancer je ne sais quelle exhortation[2] : je crus, – oui, je crus, – qu'il allait nous encourager à la révolte. Mais pas un mot ne franchit ses lèvres. Sa bouche se ferma, et encore une fois ses yeux. Il se redressa. Ses mains montèrent le long du corps, se

---

1. Mélange de nitrates qui se forment sur les vieux murs.
2. Appel, recommandation.

livrèrent à la hauteur du visage à un incompréhensible manège,
300 qui ressemblait à certaines figures des danses religieuses de Java.
Puis il se prit les tempes et le front, écrasant ses paupières sous
les petits doigts allongés.

— Ils m'ont dit : « C'est notre droit et notre devoir. » Notre
devoir ! Heureux celui qui trouve avec une aussi simple certi-
305 tude la route de son devoir !

Ses mains retombèrent.

— Au carrefour, on vous dit : « Prenez cette route-là. » (Il
secoua la tête.) Or, cette route, on ne la voit pas s'élever vers les
hauteurs lumineuses des cimes, on la voit descendre vers une
310 vallée sinistre, s'enfoncer dans les ténèbres fétides d'une lugubre
forêt !... « Ô Dieu ! Montrez-moi où est MON devoir ! »

Il dit, – il cria presque :

— C'est le Combat, – le Grand Bataille du Temporel contre
le Spirituel !

315 Il regardait, avec une fixité lamentable, l'ange de bois sculpté
au-dessus de la fenêtre, l'ange extatique[1] et souriant, lumineux
de tranquillité céleste.

Soudain son expression sembla se détendre. Le corps perdit
de sa raideur. Son visage s'inclina un peu vers le sol. Il le releva.

320 — J'ai fait valoir mes droits, dit-il avec naturel. J'ai demandé

---

1. Qui est ravi ; qui reflète l'ex-
tase, le bonheur absolu.

BIEN LIRE

**L. 303 : Quelle différence faites-vous
entre le « droit » et le « devoir » ?**
**L. 313-314 : Expliquez l'opposition du
« Temporel » et du « Spirituel ».**

à rejoindre une division en campagne. Cette faveur m'a été enfin accordée : demain, je suis autorisé à me mettre en route.

Je crus voir flotter sur ses lèvres un fantôme de sourire quand il précisa :

325 — Pour l'enfer.

Son bras se leva vers l'Orient, – vers ces plaines immenses où le blé futur sera nourri de cadavres.

Je pensai : « Ainsi il se soumet. Voilà donc tout ce qu'ils savent faire. Ils se soumettent tous. Même cet homme-là. »

330 Le visage de ma nièce me fit peine. Il était d'une pâleur lunaire. Les lèvres, pareilles aux bords d'un vase d'opaline, étaient disjointes, elles esquissaient la moue tragique des masques grecs. Et je vis, à la limite du front et de la chevelure, non pas naître, mais jaillir, – oui, jaillir, – des perles de sueur.

335 Je ne sais si Werner von Ebrennac le vit. Ses pupilles, celles de la jeune fille, amarrées comme, dans le courant, la barque à l'anneau de la rive, semblaient l'être par un fil si tendu, si raide, qu'on n'eût pas osé passer un doigt entre leurs yeux. Ebrennac d'une main avait saisi le bouton de la porte. De l'autre, il tenait

340 le chambranle[1]. Sans bouger son regard d'une ligne, il tira lentement la porte à lui. Il dit, – sa voix était étrangement dénuée d'expression :

---

1. Encadrement de la porte.

BIEN LIRE

L. 323 : À quelle figure de style tient la poésie de cette phrase ?

– Je vous souhaite une bonne nuit.

Je crus qu'il allait fermer la porte et partir. Mais non. Il regar-
345 dait ma nièce. Il la regardait. Il dit, – il murmura :

– Adieu.

Il ne bougea pas. Il restait tout à fait immobile, et dans son
visage immobile et tendu, les yeux étaient plus encore immobiles et tendus, attachés aux yeux, – trop ouverts, trop pâles, –
350 de ma nièce. Cela dura, dura, – combien de temps ? – dura
jusqu'à ce qu'enfin la jeune fille remuât les lèvres. Les yeux de
Werner brillèrent.

J'entendis :

– Adieu.

355 Il fallait avoir guetté ce mot pour l'entendre, mais enfin je
l'entendis. Von Ebrennac aussi l'entendit, et il se redressa, et
son visage et tout son corps semblèrent s'assoupir comme après
un bain reposant.

Et il sourit, de sorte que la dernière image que j'eus de lui fut
360 une image souriante. Et la porte se ferma et ses pas s'évanoui-
rent au fond de la maison.

Il était parti quand, le lendemain, je descendis prendre ma
tasse de lait matinale. Ma nièce avait préparé le déjeuner,
comme chaque jour. Elle me servit en silence. Nous bûmes en
365 silence. Dehors luisait au travers de la brume un pâle soleil. Il
me sembla qu'il faisait très froid.

Octobre 1941.

CE JOUR-LÀ

Le petit garçon mit sa petite main dans celle de son père sans s'étonner. Pourtant il y avait longtemps, pensait-il. On sortit du jardin. Maman avait mis un pot de géranium à la fenêtre de la cuisine, comme chaque fois que papa sortait. C'était un peu
5 drôle.

Il faisait beau, – il y avait des nuages, mais informes et tout effilochés, on n'avait pas envie de les regarder. Alors le petit garçon regardait le bout de ses petits souliers qui chassaient devant eux les graviers de la route. Papa ne disait rien. D'habitude il se
10 fâchait quand il entendait ce bruit-là. Il disait : « Lève tes pieds ! » et le petit garçon levait les pieds, un moment, et puis sournoisement il recommençait petit à petit à les traîner, un peu exprès, il ne savait pas pourquoi. Mais cette fois papa ne dit rien, et le petit garçon cessa de traîner ses semelles. Il continuait
15 de regarder par terre : ça l'inquiétait que papa ne dît rien.

La route s'engageait sous les arbres. La plupart étaient encore sans feuilles. Quelques-uns verdoyaient un peu, des petites feuilles d'un vert très propre et très clair. On se demandait même si elles n'étaient pas un peu sucrées. Plus loin la route
20 tournait, on verrait la Grande Vue, sur le Grésivaudan[1], le

---

1. Plaine agricole, dans la vallée de l'Isère.

BIEN LIRE

L. 2 : Que peut signifier la phrase « Pourtant il y avait longtemps » ?
L. 4-5 : « C'était un peu drôle. » À qui attribuez-vous cette pensée ?

grand rocher qui tombe à pic, et là-dessous tout en bas les tout petits arbres, les toutes petites maisons, les routes comme des égratignures, l'Isère qui serpente sous une brume légère, légère. On s'arrêterait et on regarderait. Papa dirait : « Regarde le petit train », ou bien : « Tu vois la petite tache noire, là, qui bouge sur la route ? C'est une auto. Il y a des gens dedans. Quatre personnes, une dame avec un petit chien, et un monsieur avec une grande barbe. » Le petit garçon dirait : « Comment que tu les vois ? – Je me suis fait greffer une petite lunette[1] dans l'œil gauche, tu sais bien, dirait papa. Regarde, dirait-il en écarquillant son œil, tu ne la vois pas ? » Et lui, comme il n'est pas très sûr que ce soit vrai ou pas vrai : « Ben... pas très bien... » Peut-être qu'à ce moment-là papa rirait et le prendrait sur ses épaules, une jambe de chaque côté.

Mais papa regarda distraitement la Grande Vue et ne s'arrêta même pas. Il tenait la petite main de son petit garçon bien serrée dans la sienne. De sorte que, quand un peu plus loin on passa près de l'endroit où le bord du fossé monte et descend, le petit garçon ne put pas lâcher son père pour grimper la petite pente en disant : « Regarde, papa, je grandis... je grandis... je grandis... Regarde, je suis plus grand que toi... et maintenant je rapetisse... je rapetisse... je rapetisse... » Ça l'ennuya un peu, parce qu'il était très attaché aux rites[2]. Ça faisait une promenade qui ne ressemblait pas tout à fait aux autres.

---

1. Longue-vue.
2. Traditions, actions que l'on fait régulièrement toujours de la même façon.

45   Un peu plus loin il y avait le rocher de pierre carrée. On s'y asseyait d'habitude. Il se demanda si cette fois-ci on s'assiérait. Le rocher de pierre carrée s'approchait et le petit garçon se demandait si on s'assiérait. Il avait un peu peur qu'on ne s'assît pas. Un petit peu peur, vraiment, de la vraie peur. Il tira
50 doucement sur la main de son père quand ils furent tout près.

    Heureusement, papa se laissa tirer et ils s'assirent. Ils ne dirent rien, mais souvent, assis sur cette pierre, papa ne disait rien. Quelquefois seulement (quand il faisait très chaud) : « Ouf ! ça fait du bien. » Aujourd'hui il ne faisait pas très chaud.
55 La seule chose pas naturelle, c'était que papa ne quittait toujours pas la petite main. D'habitude, ici, papa la lâchait, sa main, et le petit garçon, qui n'aimait pas rester assis bien longtemps, grimpait sous les arbres et cherchait des pommes de pin. Quelquefois des fraises, mais il n'y avait pas souvent des fraises.
60   Ils restaient assis et le petit garçon ne bougeait pas du tout. Il faisait même attention à ne pas balancer les jambes. Pourquoi ? Savait pas, c'était parce que papa lui tenait la main comme ça. Il ne pouvait même pas – il ne voulait même pas penser aux pommes de pin, aux fraises. D'ailleurs, il n'y avait
65 sûrement pas de fraises, et puis, les pommes de pin, ce n'est pas tellement amusant.

BIEN LIRE

**L. 62 : Qui s'exprime à travers la phrase « Savait pas » ?
Rétablissez la phrase correcte.**

Mais, de ne pas bouger, il eut de nouveau un peu peur. Oh !
pas beaucoup, un peu seulement, un tout petit peu, comme
quand on est couché et qu'on entend craquer des choses dans
70 le noir, mais qu'on entend aussi papa et maman qui parlent
dans leur chambre. Il était content que papa lui tînt la main,
parce qu'ainsi on a moins peur, mais comme il avait peur justement parce que papa lui tenait la main... alors le petit garçon,
pour la première fois pendant une de ces promenades, aurait
75 bien voulu revenir à la maison.

Comme si son père l'avait entendu il se leva, le petit garçon
se leva, se demandant si l'on rentrerait ou si l'on irait comme
les autres fois jusqu'au petit pont, sur la Grisonne. Il ne savait
pas très bien ce qu'il préférait. On partit vers le petit pont,
80 alors, tant mieux.

Sur le pont, ils regardèrent le torrent (papa disait « le ru »)
filer en gargouillant entre les pierres qui ressemblent à de
grosses dragées. Un jour, papa lui avait rapporté un petit sac
rempli de toutes petites pierres comme ça et c'étaient des bon-
85 bons. Il y avait très longtemps, c'était même avant Noël, il ne
se rappelait même plus bien. En tout cas, depuis ce temps-là, il
n'avait jamais eu de bonbons, et il aimait énormément regarder
les pierres du torrent : on aurait dit que ça lui faisait plaisir aux
yeux comme les bonbons à la langue.

90 Papa dit :

– Depuis le temps que cette eau coule...

Le petit garçon trouva ça drôle. Bien sûr qu'elle coulait

depuis longtemps. Elle coulait déjà la première fois qu'ils
étaient venus. D'ailleurs on n'aurait pas fait un pont s'il n'y
95 avait pas eu d'eau.

– Et quand ton petit garçon à toi, dit papa, aura une grande
barbe blanche, elle coulera encore. Elle ne s'arrêtera jamais de
couler, dit papa en regardant l'eau. C'est une pensée reposante,
dit encore papa, mais, ça se voyait, ce n'était pas pour son petit
100 garçon, c'était pour lui-même.

Ils restèrent très, très longtemps à regarder l'eau, et puis enfin
on s'en retourna. On prit le chemin du hérisson, le petit garçon
l'appelait comme ça depuis qu'ils y avaient trouvé un hérisson.
Ça grimpait un peu. On passait devant la fontaine de bois, celle
105 où, dans une auge[1] faite d'une bille de chêne creusée, tombe le
filet d'une eau si limpide, au chant d'un cristal si pur, qu'elle
donne soif rien qu'à la regarder. Mais il ne faisait pas très chaud.

Tout en haut le sentier tournait un peu, et redescendait de
l'autre côté de la colline. De tout en haut on verrait la maison.
110 On la voyait très bien. Ce qu'on voyait le mieux, c'était la
fenêtre de la cuisine, avec le pot de géranium tout vert et orange
dans le soleil, et maman était derrière mais on ne la voyait pas.

Mais papa devait être fatigué, parce qu'avant d'arriver en
haut il s'assit. D'ordinaire on ne s'asseyait jamais sur ce tronc

---

1. Bassin qui sert à donner à
boire ou à manger aux animaux.

BIEN LIRE

**L. 98 : Pourquoi est-ce « une pensée
reposante » ?**

115 d'arbre. Il s'assit et attira son petit garçon entre ses genoux. Il dit : « Tu n'es pas fatigué ? – Non », dit le petit garçon. Papa souriait, mais c'était d'un seul côté de la bouche. Il lui caressait les cheveux, la joue. Il respira très fort et dit : « Il faut être très, très sage avec ta maman », et le petit garçon fit « oui » de la tête, 120 mais il ne trouva rien à dire. « Un bon petit garçon », dit encore papa, et il se leva. Il prit son petit garçon sous les aisselles et il le souleva jusqu'à son visage et l'embrassa deux fois sur les deux joues, et il le remit par terre et dit d'une voix ferme : « Allons. » Ils se remirent en route. Ils arrivèrent en haut et on vit le mur 125 du jardin, les deux mélèzes[1], la maison, la fenêtre de la cuisine.

Le pot de géranium... il n'y était plus.

Le petit garçon vit tout de suite que le pot de géranium n'était plus à la fenêtre de la cuisine. Papa aussi, sûrement. Parce qu'il s'arrêta en serrant la petite main dans la sienne, plus fort 130 que jamais, et il dit : « Ça y est, je m'en doutais. »

Il restait immobile, à regarder, regarder, en répétant : « Bons dieux, comment ai-je pu... puisque je le savais, puisque je le savais... »

Le petit garçon aurait bien voulu demander quoi, mais il ne 135 pouvait pas parce que papa lui serrait la main si fort. Et il commença d'avoir mal au cœur, comme le jour où il avait mangé trop de purée de marrons.

Alors papa dit : « Viens », et au lieu de descendre ils retournèrent sur leurs pas, en marchant très vite. « Où est-ce qu'on va,

---

1. Arbres de la classe des conifères, à feuilles caduques.

140 papa ? Où est-ce qu'on va ? » disait le petit garçon, et il avait mal
au cœur comme le jour de la purée de marrons.

– Chez madame Bufferand, dit papa. (Il avait une drôle de
voix, une voix comme celle du facteur le jour où une auto
l'avait poussé et qu'il était tombé de bicyclette.) Elle est très
145 gentille, dit papa, tu la connais, tu coucheras chez elle.

Le petit garçon aurait bien voulu demander pourquoi, mais
papa lui serrait la main trop fort, il n'arrivait pas à le demander.
Était-ce à cause de ça ? il avait de plus en plus mal au cœur.
Tellement qu'il aurait voulu se coucher par terre, comme le jour
150 de la purée de marrons, mais papa lui serrait la main tellement
fort, et pourtant on allait trop vite, et maintenant il avait mal
au cœur pas seulement au cœur, mais mal au cœur partout, au
ventre, dans les jambes, si ce n'était pas bête de dire qu'on a mal
au cœur dans les jambes.

155 Quand madame Bufferand, qui était très vieille et toute
ridée, les vit tous les deux, elle croisa ses mains sur la poitrine
et dit : « Mon Dieu !... »

Papa dit : « Oui, voilà », et ils entrèrent. Et alors, quand ils
furent dans le petit salon qui sentait la cannelle, le petit garçon
160 ne résista plus et il se coucha sur le tapis.

Il n'entendit plus très bien ce qu'on disait. Il faisait trop noir
pour pouvoir écouter. Madame Bufferand parlait, parlait, d'une
petite voix cassée, il l'entendait comme dans un rêve.

Papa souleva le petit garçon et le porta sur un lit. Il lui caressa
165 les cheveux, longtemps, et il l'embrassa très fort et longtemps,

plus fort et plus longtemps que le soir d'habitude. Et puis madame Bufferand lui donna une valise, et il embrassa madame Bufferand, et il sortit. Et madame Bufferand vint s'occuper du petit garçon, elle lui mit un mouchoir mouillé sur la
170 tête, elle lui prépara de la camomille. Il vit bien qu'elle pleurait, elle essuyait ses larmes au fur et à mesure, mais ça se voyait quand même.

Le lendemain, il était en train de jouer avec les cubes, il entendit madame Bufferand qui parlait dans la salle à manger.
175 Les cubes devaient représenter le portrait d'un monsieur avec une collerette et un chapeau à plume. Il manquait encore l'œil et le chapeau. Le petit garçon se leva et mit son oreille contre le trou de la serrure, qui était juste à sa hauteur en se hissant sur la pointe des pieds. Il n'entendait pas très bien parce que les
180 dames ne parlaient pas tout haut, elles chuchotaient. Madame Bufferand parlait de la gare. « Oui, disait-elle, oui, lui aussi : il cherchait à apercevoir sa femme dans un compartiment, ils l'ont reconnu. – Grands dieux, dit l'autre dame, il n'avait donc pas pu s'empêcher... – Non, dit madame Bufferand, il n'a pas
185 pu, qui donc aurait pu ? Il disait tout le temps : "C'est ma faute, c'est ma faute !" » Et puis on parla de lui, le petit garçon. « Heureusement, disait la dame, heureusement que madame Bufferand était là. » Madame Bufferand répondit des mots, mais quelque chose mouillait son chuchotement et on ne pou-
190 vait pas comprendre.

Le petit garçon retourna vers son jeu de cubes. Il s'assit par terre et chercha celui avec un œil. Il pleurait silencieusement, les larmes coulaient et il ne pouvait pas les retenir. Il trouva le cube avec l'œil et le mit à sa place. Le chapeau, c'était plus
195 facile. Il reniflait en essayant de ne pas faire de bruit, une des larmes coula au coin de la bouche, il la cueillit d'un coup de langue, elle était salée. La plume, c'était le plus ennuyeux, on ne savait jamais si elle était à l'endroit ou à l'envers. Une larme, tombée sur la plume, glissa, hésita, y resta suspendue comme
200 une goutte de rosée.

LE SONGE

Est-ce que cela ne vous a jamais tourmenté ? Quand, dans les
jours heureux, allongé au soleil sur le sable chaud, ou bien
devant un chapon[1] qu'arrosait un solide bourgogne, ou encore
dans l'animation d'une de ces palabres[2] stimulantes et libres
5 autour d'un « noir[3] » fleurant le bon café, il vous arrivait de
penser que ces simples joies n'étaient pas choses si naturelles. Et
que vous vous obligiez à penser à des populations aux Indes ou
ailleurs, mourant du choléra. Ou à des Chinois du Centre suc-
combant à la famine par villages ; ou à d'autres que les Nippons
10 massacraient, ou torturaient, pour les envoyer finir leurs jours
dans le foyer d'une locomotive.

Est-ce que cela ne vous tourmentait pas, de ne pouvoir leur
donner plus qu'une pensée ? Était-ce même une pensée ? Était-ce
plus qu'une imagination vague ? Fantasmagorie[4] bien moins
15 consistante que cette douce chaleur du soleil, le parfum du bourgogne, l'excitation de la controverse[5]. Et pourtant cela existait
quelque part, vous le saviez, vous en aviez même des preuves : des
récits indubitables[6], des photographies. Vous le saviez et il vous
arrivait de faire des efforts pour ressentir quelque chose de plus

1. Jeune coq châtré que l'on engraisse pour le manger
ensuite.
2. Discussions interminables et sans objet précis.
3. Café.
4. Illusion.
5. Débat, contradiction.
6. Qu'on ne peut remettre en question.

BIEN LIRE

**L. 1 : À qui s'adresse
le narrateur ?**

20 qu'une révolte cérébrale, des efforts pour « partager ». Ils étaient vains. Vous vous sentiez enfermé dans votre peau comme dans un wagon plombé. Impossible d'en sortir.

Cela vous tourmentait parfois et vous vous cherchiez des excuses. « Trop loin », pensiez-vous. Que seulement ces choses
25 se fussent passées en Europe ! Elles y sont venues : d'abord en Espagne[1], à nos frontières. Et elles ont occupé votre esprit davantage. Votre cœur aussi. Mais quant à « ressentir », quant à « partager »... Le parfum de votre chocolat, le matin, le goût du croissant frais, comme ils avaient plus de présence...

30 Vous vous êtes replié sur la France, sur Paris, un peu comme on dit : « Nous nous battrons sur la Marne, sur la Seine, sur la Loire... » Bientôt ce furent vos propres amis dont chaque jour vous apprenait l'emprisonnement, la déportation ou la mort... Vous ressentiez cruellement ces coups. Mais quoi de plus ? Vous
35 restiez enfermé, à double tour, dans votre wagon sans fenêtre. Et le soleil dans la rue, la tiédeur d'une alcôve, le maigre jambon du marché noir continuaient d'avoir pour vous une présence autrement réelle que les cris d'agonie de ceux dont quelque part on brûlait les pieds et les mains.

40 Pourtant, cette sordide solitude, il m'est arrivé d'en sortir.

---

1. Allusion à la guerre civile espagnole (1936-1939) et aux bombardements infligés à la population.

BIEN LIRE — **L. 37-39 : Le « marché noir » et la torture constituent ici des indices temporels et renvoient à la Seconde Guerre mondiale, époque de l'action.**

L'imagination, impuissante à l'état de veille, prend dans le sommeil un miraculeux pouvoir. L'imagination ? Voire. Appelons-la comme ça, si vous voulez. J'ai d'autres idées là-dessus. J'ai vu en songe des choses étranges, que ni l'imagination, ni la vie

45 inconsciente ne peuvent expliquer. Des choses qui se passaient, tandis que je les rêvais, à des milles de là. Pas de preuves, naturellement, il n'y a jamais de preuves en pareille matière. Mais ce que j'ai vécu, en certaines circonstances du sommeil, est pour moi la preuve très suffisante de l'existence d'une vaste

50 conscience diffuse, d'une sorte de conscience universelle et flottante, à laquelle il nous arrive de participer dans le sommeil, par certaines nuits favorisées. Ces nuits-là, nous sortons vraiment du wagon plombé, nous pouvons voir enfin par-delà le talus...

Une de ces nuits, je marchais par une campagne dénudée. Je

55 marchais avec peine. Le ciel était excessivement bas, et pendait par morceaux, par langues de gaze[1] déchiquetées, qui traînaient sur le sol et s'accrochaient aux ronces. Je cherchais mon chemin parmi elles, évitant de les traverser car, outre que j'étais aussitôt perdu dans un brouillard opaque, l'épaisseur s'en faisait sentir

60 encore par une lourde résistance. Je devais les pousser devant moi, les soulever comme de pesants rideaux de damas[2] blafards. Je m'épuisais et n'avançais guère. La terre était noire. Elle était humide et spongieuse[3]. Les pas s'y marquaient, par une légère

---

1. Tissu léger qui sert notamment à faire les pansements et les bandages.
2. Tissu à dessins brillants sur fond mat.
3. Qui absorbe l'eau, comme une éponge.

cuvette d'abord, qui s'emplissait bientôt d'une eau fuligineuse[1]
65 où nageaient des débris de mousse calcinée et de bois pourri. Il
flottait une odeur étrange, qui n'était pas celle de l'humus[2] ou
de la corruption, une odeur composite[3] qui fleurait le pus et la
sueur. Elle m'écœurait et m'angoissait. Je marchais avec peine et
commençais à retrouver mes propres traces. Allais-je donc en
70 rond ? Je tentai de m'écarter, de suivre une direction droite.
Mais toujours je retrouvais mes traces, de plus en plus pressées.
Bientôt je piétinai une boue noire et glacée où les traces s'en-
tremêlaient comme si des milliers d'hommes les eussent faites.

Pourtant j'étais seul. Il me semblait traîner derrière moi une
75 solitude séculaire[4]. Tout ce que j'avais qui la brisât peut-être,
c'était un souvenir : avant d'être là, j'avais dû traverser une
rivière, sans doute. Et deux cygnes, deux cygnes noirs s'étaient,
je crois, levés à mon approche. Je me souvenais mal, mais je me
souvenais de leur immense forme d'ombre, tandis qu'ils pas-
80 saient par-dessus ma tête. Je me rappelais le bruit de leur vol,
celui du vent dans leurs plumes, et ce souffle glacé sur mon
front. Ce souvenir aussi m'angoissait.

Je ne sais quand je pris conscience de n'être plus seul. On
marchait devant moi. Je voulais aller plus vite, rattraper cette
85 forme fuyante. Je ne la voyais jamais nettement, il y avait sans

---

1. Noirâtre, comme la suie.
2. Terre formée par la décomposition des végétaux.
3. Mélangeant des éléments
divers.
4. Qui dure depuis des siècles.

BIEN LIRE

L. 66-67 : Observez la coordination du terme concret « l'humus » et abstrait « la corruption ».
L. 75 : La forme « brisât » est un imparfait du subjonctif.

cesse entre nous une langue de brume ou une autre. Par moments, tout s'effaçait, laissant dans mon cœur un vide atroce. Puis je l'apercevais de nouveau, un peu dansante et dégingandée, grisâtre et silencieuse.

90 Assez soudainement elle fut à mon côté. Elle marchait près de moi, du même pas que moi, mollement et sans bruit. Je constatai que c'était le corps d'un homme, affreusement maigre. Son visage était pâle et carré, il souriait bizarrement. Son bras tendit devant moi une longue main osseuse, comme
95 pour me désigner quelque chose.

– Je ne vois pas, dis-je.

Je ne parlais pas à un inconnu. Je veux dire que ce n'était pas un inconnu pour moi, à ce moment-là. Nous nous connaissions très bien et toutes sortes de souvenirs communs nous
100 liaient. Je lui demandai donc :

– Que me montrez-vous ? Je ne vois rien.

Il ne répondit point mais secoua sa main décharnée, l'index étendu, avec un peu d'impatience.

– Mais répondez donc, m'écriai-je.

105 Alors il tourna vers moi son étrange face souriante, lunaire et ravagée. Il ouvrit la bouche et je vis l'horrible langue tordue, racornie, noire et déchirée, qui s'enroulait comme un escargot cuit. Et je me rappelai qu'en effet on la lui avait brûlée au fer rouge. Je la voyais trembler comme celle d'un jars[1] qui veut
110 mordre. Ce suprême effort pour parler était pathétique et into-

---

1. Mâle de l'oie domestique.

lérable. Il m'emplit d'une sorte de dégoût que ne pouvaient sur-
monter ni la pitié ni la colère. Je me détournai et voulus prendre
à témoin deux autres formes humaines qui lentement passaient
à ma gauche, mais l'aspect de ces hommes me coupa le souffle.
115 Ils étaient si décharnés que je ne pus comprendre où ils trouvaient la force de soutenir la charge qu'ils transportaient, un
énorme fer en T, rugueux et rouillé, qui leur déchirait l'épaule.
Ils marchaient en silence, avec une lenteur hésitante et macabre,
et j'entendais seulement leur souffle comme un gémissement
120 entrecoupé. Le premier tendait en avant une tête dont le crâne
semblait énorme au-dessus du visage où la peau collait à l'os. Il
avait dans la nuque une dépression[1] bordée de deux tendons où
l'on eût pu mettre le poing. Les cheveux courts et noirs avaient
pris une teinte poussiéreuse. La sueur les plaquait par endroits,
125 et à d'autres ils avaient laissé la place à la peau nue, une sorte de
pelade où s'étaient formées des croûtes dont quelques-unes sai-
gnaient. Son compagnon était plus petit. Le fer pesait davantage
sur son épaule et la meurtrissait cruellement. Le visage était couvert de mille petits plis, comme un ballon d'enfant à demi
130 dégonflé. La peau était couleur de cendre. Les yeux ressortaient
au point qu'on s'attendait à ce qu'ils roulassent, comme des
billes, et le blanc était tout griffé. Je vis aussi que l'une de ses
oreilles était à demi décollée du crâne, séparée de lui par une
gouttière sanguinolente, courant entre deux lèvres frisées et
135 suintantes. Ils passèrent tous deux comme des ombres, mais

---

1. Un creux.

d'autres les suivaient. Mes pieds me parurent peser cent kilos et rien n'aurait pu me faire avancer d'un pas. Je vis un torse à moitié nu, sous des haillons, les côtes se soulevaient et s'abaissaient comme un soufflet, et sous l'estomac qui semblait s'être résorbé
140 tant il était creux, l'effort gonflait l'abdomen, et l'on voyait rouler sous l'étoffe, à chaque pas, de molles grosseurs inquiétantes. Je vis un homme dont le corps était encore obèse et blanc tandis que les bras et les jambes étaient déjà squelettiques et violacés. Ses yeux étaient pâles et comme aveugles dans un cerne cou-
145 leur d'encre, et bien que le froid me glaçât les os, ses cheveux, sa chemise étaient collés de sueur. Un autre eût semblé presque normal, si le nez, les tempes, les oreilles n'eussent été couverts de nervures dures comme celles d'une feuille. Une narine un peu enflammée s'était agrandie d'une façon bizarre, comme si une
150 souris fût venue la ronger pendant la nuit. Un autre, dont les clavicules formaient deux salières profondes, poussait péniblement devant lui un ventre énorme qui semblait avoir dégringolé entre les cuisses. Un autre portait à l'aisselle des ganglions si turgescents[1], qu'on eût dit qu'ils s'étaient répandus sous l'épiderme
155 comme des entrailles. Tous avaient une peau étrange, brouillée comme un lait qui tourne, de la cire souillée de terre, excoriée[2] de dartres, de gerçures, de bourgeons, comme si l'organisme se fût révolté, eût voulu protester, se faire entendre par ces cris rouges ou ces gémissements blanchâtres.

---

1. Gonflés, enflés.
2. Légèrement écorchée.

160 Leur âge? Je ne saurais le dire. Tous les âges sans doute; mais comment le savoir? Sur le coup j'eusse dit: «Vieux, très vieux», mais aussitôt je me serais repris. Il en était même, sûrement, de très jeunes. Je vois encore, émergeant de la brume, ce visage saisissant... Ces lèvres fines, fragiles, douloureusement entrouvertes
165 sur de petites dents très blanches, dont plusieurs manquaient. Et tout autour, cette peau couleur de zinc, crevassée comme celle d'un vieux paysan... Ces trois rides profondes sur lesquelles tombaient de douces boucles blondes... Et ces yeux enfoncés, dilatés, dans des paupières ocreuses[1] et fripées comme un délicat papier
170 de soie qui sert depuis longtemps... Un autre avait encore un front tout blanc et tout lisse, comme on ne l'a qu'à seize ans. Mais là-dessous, le visage semblait avoir subi une catastrophe inexplicable. Les yeux ne laissaient voir qu'une pupille fiévreuse, noyée dans une conjonctive[2] rouge comme une plaie. La bouche,
175 exsangue[3], s'effondrait entre deux parenthèses enflammées qui creusaient les joues, du nez au menton. Mais le cou était encore fragile, lisse et souple comme celui d'une fillette.

Le brouillard s'était levé. J'apercevais maintenant la campagne autour de moi, si l'on peut nommer cela une «campagne»: un
180 cirque à peine vallonné, dont un côté courait se perdre au loin dans une brume sale, dont les autres s'élevaient vers des collines

---

1. De couleur ocre, jaune-brun.
2. Membrane transparente qui tapisse l'intérieur des paupières.
3. Très pâle, cadavérique.

BIEN LIRE

L. 163 : Notez que le présent renvoie au moment de l'écriture.

informes. Cette terre noire, boueuse et émiettée, partout. Pas un arbre. Pas un lambeau de verdure où l'œil se repose. Le ciel noir comme la terre. Dans une dépression qu'il fallait bien appeler
185 une «vallée», je distinguais des constructions géométriques, noires comme le ciel et la terre, et plus tristes, plus funèbres encore d'être en rangs. Par files de dix, une trentaine dans chaque rang, de quoi, pensai-je, abriter deux douzaines de mille d'hommes. Au milieu, une construction plus haute, autrefois
190 blanche, avec une cheminée de brique, autrefois rouge, mais devenue noirâtre comme le reste, comme la fumée qu'elle vomissait. C'était là que j'allais. Je me remis en marche. C'était loin encore et j'avais le cœur si lourd! La terre collait à mes pieds, et mes regards, où qu'ils se portassent, ne rencontraient
195 que ces groupes faméliques[1], ces ombres efflanquées, écrasées sous des charges diverses, qu'elles transportaient dans ce lugubre silence... Des piles de madriers[2], des sacs de ciment, des poutrelles de fer... Il y avait d'autres formes aussi, vêtues de noir, celles-là robustes et alertes. Ces hommes-là ne portaient rien
200 qu'une trique. Ils allaient parmi les groupes, veillant à ce qu'il n'y eût point d'arrêt. Le long d'un remblai[3] je croisai l'un de ces pitoyables attelages. L'homme, derrière, s'était laissé tomber, avait lâché l'extrémité du madrier qu'il portait. Il était étendu

---

1. Affamés.
2. Planches très épaisses.
3. Tas de terre.

BIEN LIRE

**L. 195 : De quels « groupes faméliques »
s'agit-il ?**

tout de son long, la figure dans la terre boueuse. Son compagnon devant lui, debout, voûté, immobile, semblait porter sa
croix, et ne bougeait pas, il ne regardait pas, il ne pensait sans
doute pas, il ressemblait à ces pauvres chevaux abrutis qui attendent, la tête pendante, le coup de fouet qui les fera repartir.
Pendant ce temps un homme noir, accouru, tentait de faire lever
l'homme épuisé, à coups de trique. Je fus pris de nausée, il me
semblait que l'homme ne pouvait que se laisser mourir sous les
coups. Mais non. Il souleva sa carcasse décharnée, il souleva
même le madrier, et l'attelage repartit en titubant. Un peu plus
loin un homme seul, ployé sous un sac plus lourd que lui, sque-
lette recouvert d'une peau cireuse et ballottante, les talons à vif
humectant le bord des chaussures délabrées de sang et d'hu-
meur[1], vomissait en marchant, ou plutôt tentait de vomir une
bile avare qui coulait le long du menton et du cou. Son estomac
se contractait en spasmes horribles, et un homme noir lui donnait du cœur au ventre à coups de trique dans les reins.

Il y avait des hommes moins épuisés. Ceux-là avaient encore
un regard. Était-ce plus supportable ? On n'y lisait que la
détresse et la peur. On ne voyait pas encore leurs os sous la
peau, mais celle-ci déjà prenait un aspect fripé, granuleux et
blême, qui annonçait la déchéance en marche. On devinait les
boursouflures qui bientôt seraient de l'œdème[2], des rougeurs
qui bientôt seraient des ulcères[3], des lividités[4] qui bientôt se

---

1. Liquide produit par le corps humain (ex. : le pus).
2. Gonflement infecté.
3. Plaies qui ne cicatrisent pas.
4. Zones de peau violacées.

gonfleraient de pus. Je ne sais si ce n'était pas encore plus poi-
gnant de les voir à peu près sains et de savoir ce qu'ils devien-
230 draient. J'avançais. J'avais affreusement froid. Je ne sais si
c'était la bise ou la peine, mes yeux laissaient couler des larmes
qui glissaient brûlantes sur mon visage. J'avançais. Près d'une
pile de sacs de ciment un corps misérable gisait, un peu recro-
quevillé. Il était visible qu'il était mort. Un homme noir le
235 retournait du bout de sa trique, comme on retourne une
méduse échouée sur le sable, d'un air à demi indifférent, à
demi dégoûté. Je vis le visage, que la mort avait nettoyé de ses
impuretés, et qui était beau – qui avait retrouvé sa beauté.
J'aurais voulu m'enfuir, mais je ne pouvais pas. Je pouvais seu-
240 lement marcher lourdement. Et je dus marcher en rond. Car il
me sembla bien rencontrer plusieurs fois ce couple funèbre :
l'homme noir taquinant du bout de sa trique, avec un mépris
blasé, le corps inerte à ses pieds. J'avançais. En passant une
fondrière[1], je marchai sur quelque chose de mou. Mon cœur
245 bondit et je fis un saut. C'était une main. La paume d'une
main. Elle appartenait, cette main, à un homme couché sur le
dos, les bras en croix. Le visage étique[2] bougea un peu et les
yeux posèrent sur moi leur regard vague. Ce fut un peu
comme si j'étais regardé par une bête sous-marine, comme par
250 un poulpe. Oh ! c'était intolérable. Je n'aurais pas pu toucher
à cet homme, non, pour rien au monde. Et je m'éloignai, je
continuai ma route, poussant avec peine mes pieds pesants.

---

1. Trou plein d'eau ou de boue, dans un chemin défoncé.
2. D'une extrême maigreur.

Pourtant je ne pus éviter d'entendre, derrière moi, le bruit de la trique sur les os.

255   Je dus voir bien d'autres choses que ma mémoire a laissé perdre. Je me rappelle un groupe, à quelque distance des baraques, une centaine d'hommes à demi visibles dans la fumée que le vent chassait par lambeaux. Ils étaient en ligne, au garde-à-vous, une mauvaise valise ou un balluchon à leurs pieds, des
260 pieds mal chaussés qui macéraient[1] dans la boue glacée. Ils semblaient valides, bien qu'ils fussent tous curieusement blêmes, comme ces endives qu'on cultive en cave. Seules les oreilles étaient rouges sous la bise, et toutes ces paires d'oreilles étaient d'un comique lugubre. Depuis quand étaient-ils là ? Il y avait des
265 trous dans leurs rangs, certains étaient tombés, on les laissait où ils étaient tombés. L'immobilité des autres était hallucinante dans la fumée agile, elle s'expliquait par la présence de quelques hommes noirs qui déambulaient, la trique sous le bras, en se frottant les mains pour les réchauffer. Je les dépassai. « En vient-il
270 ainsi toujours, me demandai-je, toujours d'autres ? Et où les met-on ? » Et soudain je me rappelai le mort, et les autres, et le numéro que j'avais vu cousu à l'épaule de l'homme muet, cent soixante mille et quelques, et ces baraques pour combien ? trente mille au plus, et alors un flot de fumée s'abattit sur moi, et me
275 prit à la gorge, et je respirai une odeur si atroce que mon corps se couvrit de chair de poule, une odeur de soufre un peu, mais une autre aussi, une odeur abominable d'os calcinés et de charogne.

---

1. Trempaient.

Et je regardai avec épouvante la construction grisâtre et sa cheminée fantomatique dans ses falbalas[1] de fumée, et je compris
dans un frisson terrifié leur signification sinistre.

Ici ma mémoire tombe dans un trou. Comme si cette fumée
et mon effroi fussent une mixture délétère[2] et que ma
conscience eût succombé. Il me semble que j'ai longtemps
évolué dans cette fumée. Et tout de même, oui, je revois des
choses – des îlots de souvenirs déserts. Je revois mon compagnon à la langue brûlée. Sa face carrée, blanche, torturée et qui
m'offre toujours ce sourire secret et glacé – et je comprends
bien maintenant que c'était le sourire de Yorick[3]. Et il me
montre la paume de ses mains, brûlées comme sa langue, cou-
vertes de cloques suppurantes[4] et de lambeaux saigneux et
noircis. Et il sourit, il sourit. Je me rappelle encore un homme
qui court, et je me demande comment il peut courir avec ces
pieds énormes, déformés et blessés, et ces jambes comme deux
triques, articulées autour du genou volumineux comme une
transmission à cardans[5] ; et pourtant il court, et j'entends en
passant son halètement rauque, pressé, dont je ne sais s'il tra-
hit l'essoufflement ou la peur. Il y a aussi cet enfant que je
tiens, sanglotant, dans mes bras. Qui était-ce ? Je ne sais plus.

---

1. Ornements sur une toilette (il s'agit ici d'une métaphore).
2. Asphyxiante.
3. Dans *Hamlet*, de Shakespeare, Yorick est le bouffon du roi dont
un fossoyeur retrouve le crâne dans une fosse.
4. Qui dégagent du pus.
5. Système de suspension dans lequel le corps suspendu conserve
une position stable malgré les oscillations de son support.

BIEN LIRE

L. 281 : Que
signale ici le
passage au
présent ?

Je me revois seulement l'étreignant, pressé contre moi. Je mêle
300 mes sanglots aux siens. Il y a toujours cette fumée, et dans les
cheveux de l'enfant je vois courir la vermine. Et j'ai croisé
encore les hommes en ligne, mais beaucoup plus tard, après
bien des heures. La lumière du jour a changé et s'assombrit.
C'est moi qui cours, cette fois, je passe en courant, et ils sont
305 toujours là, les pieds dans la boue, immobiles dans les déchi-
rures de la fumée mêlée au vent d'hiver. Leurs rangs se sont
encore éclaircis. Et ils n'ont plus les oreilles rouges. Toute la
peau qu'on voit, les mains, le visage, les oreilles ont la même
couleur bleuâtre. Et j'ai revu enfin, une dernière fois, mon pre-
310 mier compagnon. On l'emporte sur une civière. Un drap
recouvre entièrement son corps raidi. Pourtant je vois, *sous* le
linceul, son visage blafard, son visage qui sourit. Mais, ah! ce
n'est plus désormais le même sourire. Maintenant qu'il est
mort, il a perdu le sourire de Yorick. Ce sourire-là est heureux,
315 et je sais que c'est à moi qu'il est destiné, comme un signe fra-
ternel, comme un message d'espérance.

Et puis...

Comment cela est-il survenu? Comme en songe. En songe il
n'y a pas de «comment». Maintenant, j'étais un de ces
320 hommes. Je ne le suis pas devenu: je l'étais. Depuis toujours. Je
n'étais plus ce spectateur qui tantôt les regardait avec une pitié
pétrifiée. Je ne l'avais jamais été. J'étais seulement un de ces
hommes-là. Je traînais ma charge, comme eux, et mon corps en
ruine, comme eux. Je n'avais pas d'autres souvenirs que ma

fatigue et ma douleur. Pas d'autres souvenirs que ceux qui s'étaient inscrits, jour après jour, que ceux qui s'inscrivaient d'heure en heure dans ma chair. Tout ce que j'avais de conscience se ramenait en ces deux points : celui où ma charge déchirait ma peau, écrasait l'os, celui où mes entrailles me semblaient devenues si lourdes qu'elles pesaient sur le bas-ventre à le rompre. Si j'avais un désir, c'était seulement le désir intarissable, interminable, le désir seulement de me coucher et mourir. Mais je savais d'une science d'animal, d'une science de cheval dans ses brancards, que je ne pouvais ni me coucher, ni mourir... Car l'homme n'est pas seul dans sa peau, il y loge une bête qui veut vivre, et j'avais de longtemps appris que, si j'eusse accepté avec bonheur que la trique des hommes noirs me tuât sur place, la bête, elle, se relèverait sous les coups, comme la souris à demi morte, les reins brisés, tente encore d'échapper à son tortionnaire. Je le savais et cela rendait mon atroce fatigue et mon atroce désir encore plus atroces et cruels.

Et si au fond de ce puits, au fond de cette inépuisable géhenne[1], si au fond de cette hébétude déchirée j'avais une pensée, – s'il me restait un sentiment, – c'était l'amer crève-cœur, c'était le déchirement, c'était le désespoir désert et glacé de savoir que des gens, par le monde, des hommes comme nous, avec une tête et un cœur, connaissent notre existence et notre vie, et qu'ils mènent leur vie à eux, leurs affaires d'argent, d'amour, et de table, qu'ils avancent chaque jour parmi les

---

1. Supplice, souffrance.

350 choses et dans le temps sans nous consacrer l'obole d'un souci. Et que même il en est d'autres, oui, qu'il en est d'autres, d'autres qui parfois songent à nous – et que cette pensée fait sourire.

Novembre 1943.

L'IMPUISSANCE

À la mémoire de Benjamin Crémieux

On est plus ou moins sensible, n'est-ce pas, aux malheurs des autres. Mon ami Renaud le fut de tout temps à l'extrême. C'est pourquoi je l'aime, s'il arrive souvent que je le comprends mal.

5 Je le connais depuis si longtemps qu'il m'est difficile d'imaginer une part de ma vie sans lui, – sans qu'il soit plus ou moins mêlé à elle. Pourtant je me rappelle quand je l'ai vu la première fois. Quand il est entré, long et mince, avec cet air qu'il avait, à la fois surpris et attentif, dans la classe du père
10 Clopart. Il dit son nom, et je compris « Rémoulade ». Clopart dut l'entendre ainsi lui-même car il le lui fit répéter. J'entendis « Rémoulade » encore, et les premiers temps je lui donnai sincèrement ce nom. En fait, il s'appelait Houlade – Renaud Houlade. Il avalait un peu les syllabes.

15 On le fit asseoir à deux ou trois rangs derrière moi. Il vit donc très bien le camarade qui, devant lui, me saisit en manière de jeu par le col de ma veste et me secoua comme on fait d'un prunier. Et moi je laissai tomber, en guise de prunes, une volée de gouttes d'encre qui s'en furent souiller les cahiers de mes
20 deux voisins. Il s'ensuivit un brouhaha dont je fus tenu pour

BIEN LIRE

L. 19 : On écrivait, à cette époque, avec une plume trempée dans un encrier.

responsable, et la minute d'après j'étais occupé, dans le couloir, à guetter les bruits de pas et à tenter de reconnaître si, parmi eux, ne s'entendraient pas ceux du directeur. J'avais le cœur tout bouillant de l'injustice qui m'était faite.

25 Alors la porte de la classe s'ouvrit de nouveau et je vis sortir Rémoulade. Il vint à moi en souriant. Un sourire un peu étrange : à la fois crispé et railleur, – un mélange d'indignation et de triomphe. Il dit :

– Je me suis fait fiche à la porte.

30 – Toi aussi ? Exprès ?

– Oui, dit-il. Je ne pouvais pas tout de même, n'est-ce pas, cafter[1] le copain. Mais je pouvais encore moins tolérer ce qu'on t'a fait. Alors voilà : je me suis fait fiche à la porte.

J'ai oublié comment il s'y était pris. (Je crois qu'il avait, tout 35 simplement, sifflé un petit air.) Mais je n'ai pas oublié que notre amitié date de ce jour, – non parce qu'il avait fait cela pour moi (il ne me connaissait pas), mais à cause du caractère que son acte laissait deviner. J'étais profondément conscient de la gravité d'un tel geste commis dès son entrée à l'école, du risque 40 bravement encouru d'être à jamais noté comme une « mauvaise tête ». En vérité, il se montra ce jour-là comme il fut toute sa vie : toujours prêt à charger sur ses propres épaules le poids de

---

1. Trahir, dénoncer.

BIEN LIRE — **L. 29 : Caractérisez le niveau de langage de Renaud.**

n'importe quelle injustice, – toujours prêt à payer lui-même pour les péchés du monde.

45   On imagine ce que durent être pour lui ces quatre ans que la France a passés au fond des catacombes[1]. Ce n'est pas une fois, mais dix, qu'il m'a fallu l'empêcher de commettre quelque irrémédiable sottise. Il voulut arborer l'étoile jaune[2], se porter otage volontaire. Il finit par comprendre la vanité de ces
50   révoltes. D'autres ont souffert, ont maigri de faim. Lui maigrissait, se consumait de rage rentrée. Inutile de vous dire qu'il se lança dans la Résistance à corps perdu. C'est un miracle qu'il soit encore en vie. Mais l'activité, les dangers courus n'éteignaient pas en lui ce feu d'imagination que chaque jour nour-
55   rissait d'une pâture nouvelle.

J'avais pris l'habitude de l'aller voir quotidiennement dans son pavillon de Neuilly. Cela lui faisait du bien. Je lui servais d'exutoire[3] pour tout ce qui débordait de son cœur tourmenté. Je me suis fait, plus d'une fois, traiter de tous les noms. Ensuite
60   il allait mieux.

Ce jour-là, j'étais porteur d'une lamentable nouvelle. Tout le long du chemin, j'avais hésité à la lui apprendre. Il y avait beaucoup de lâcheté dans mes hésitations, puisqu'il fallait bien que

---

1. Cimetières souterrains.
2. La loi obligeait les juifs à porter une étoile jaune sur leurs vêtements pour qu'ils puissent être reconnus.
3. Ce qui permet de se soulager.

BIEN LIRE

L. 57 : Notez que Neuilly est un quartier bourgeois à l'ouest de Paris.

la chose lui fût dite un jour. Quand je franchis sa porte, je
65 m'étais repris et décidé.

Si j'avais su... mais je ne savais pas. Il ne me dit rien quand
j'arrivai : je n'appris le répugnant massacre du village
d'Oradour[1] que plus tard. Il avait eu entre les mains, lui, le
matin même, cet étrange compte rendu préfectoral, d'une sim-
70 plicité sinistre, qui circula quelque temps puis disparut. Et qui
ne fut suivi d'aucune protestation officielle. Je suppose, – je
suis sûr, – qu'il m'attendait pour éclater. Il était très, très pâle.
Mais j'étais trop tourmenté moi-même par ce que j'avais à dire
pour y prendre garde. Lui vit mon désarroi, et alors il attendit.
75 – J'ai eu des nouvelles de... (je toussotai)... des mauvaises
nouvelles.

Il me fallut un temps pour rassembler mon courage. Enfin je
pus avouer :

– ... De Bernard Meyer.
80 Il dit seulement : « Ah », comme on dirait : « Nous y voilà. »
Il avait le visage prodigieusement fermé. Je ne m'attendais pas
à ce qu'il montrât ce calme glacial. Je m'attendais à quelque agitation fébrile. Non que Bernard Meyer fût, pour lui ni pour
moi, ce qu'on appelle un ami. Mais tout le monde l'aimait.
85 Tous ceux qui, de près ou de loin, avaient approché « la boîte »

---

1. À Oradour-sur-Glane, dans la Haute-Vienne, le 10 juin
1944, les Allemands, par mesure de représailles, massa-
crèrent 642 personnes, dont 500 femmes et enfants qui
périrent enfermés dans l'église volontairement incen-
diée. Cet événement représente un symbole de la barba-
rie nazie.

BIEN LIRE

**L. 79 : Bernard Meyer
est juif. Il a été
déporté.**

ne pouvaient faire que l'aimer, – sauf les médiocres et les
envieux. Il avait, à tous et à chacun, rendu plus de services que
quiconque sur Terre. Avait-on fait (ceux qui l'auraient pu) tout
le possible pour le tirer de Drancy[1] ? Nous savions bien,
90 Renaud et moi, que non. Et nous savions bien pourquoi, – et
que ce n'était pas reluisant.

    – Il est mort, dis-je, et le regard fixe et glacé de Renaud ne
m'aidait guère pour parler. En Silésie[2], dans son camp, pour-
suivis-je avec une constance méritoire. (Et après un long inter-
95 valle j'ajoutai enfin les deux petits mots terribles, les deux mots
dont nous savons désormais ce qu'ils résument de souffrances,
de tortures et d'horreurs, les mots laconiques[3] que portait l'avis
de décès :) *D'extrême faiblesse...*

    Renaud ne dit rien. Il me regardait toujours. Et je sus que
100 l'image de Bernard Meyer flottait entre nous, celle à la fois du
Bernard que nous avions connu, – ce long visage blanc, ces
yeux tout ensemble vifs et rêveurs, cette barbe légendaire que
tout ce qui écrit et pense dans le monde avait connue quelque
jour, ce chaud accent plein de soleil..., – et celle du misérable
105 visage désespéré qu'il avait dû traîner dans la mort...
« D'extrême faiblesse »... Je sentais ces deux mots, si horrible-
ment suggestifs pour quiconque sait le martyre de ces camps-là,
faire leur chemin dans l'âme de Renaud.

---

1. Camp de transit pour les déportés situé en Seine-Saint-Denis, dans la région parisienne. Il fut établi en 1941.
2. Région du sud-ouest de la Pologne, qui fut annexée par l'Allemagne en 1939.
3. Brefs.

... a tale unfold, whose lightest word

110 *Would harrow up thy soul ; freeze thy young blood ;*

Make thy two eyes, like stars, start from their sphere.[1]

Les longues minutes de lourd silence qui passèrent alors, je ne les oublierai pas. Il faisait chaud, les volets étaient fermés aux trois quarts pour sauver ce qui se pouvait d'une fraîcheur mourante...
115 Un insecte, – guêpe ou bourdon, – se cognait sans cesse au vasistas avec l'entêtement absurde d'une fatale incompréhension... Renaud n'avait rien dit, pas un mot. Rencogné au fond du divan, il me regardait. Me voyait-il ? C'était un regard de pierre. Tout en lui était de marbre : ses lèvres serrées, son nez mince, son
120 front qui luisait doucement, éclairé par un reflet vague, – la lueur un peu verte d'un rayon passé au travers des arbres...

Je ne sais trop comment je me retrouvai dehors. La vérité est que j'avais fui : à peine si j'avais bredouillé quelque chose concernant la nécessité d'apprendre la nouvelle à d'autres. Je me sentais
125 le vaincu d'un étrange combat. Comme un qui s'est préparé, qui a bandé ses forces en vue de résister à l'assaut furieux d'un adversaire, et que celui-ci soudain embrasse en pleurant.

---

1. « ... un conte dévoilé dont le mot le plus anodin mettrait ton âme à la torture, glacerait ton jeune sang et te ferait sortir les yeux de leurs orbites, comme des étoiles. »

BIEN LIRE

L. 98 et 109-111 : Que signale le choix des lettres italiques ?

Mais, tandis que je marchais lentement sous le soleil, la vérité confusément commençait de m'apparaître : quelque élément m'était caché, c'est à quelque place déjà blessée que j'avais dû frapper Renaud. Mon désarroi dès lors se mua en inquiétude. Je connaissais trop bien Renaud pour ne pas imaginer quelle rafale intérieure devait recouvrir ce silence farouche. Je pris peur un peu. Oh ! je ne pensais à rien de *vraiment* tragique, – mais à quelqu'un de ces gestes inconsidérés et, surtout, imprévisibles...

Ma mémoire flottait d'un souvenir à l'autre... Quand il avait soudain quitté la Sorbonne, abandonnant son oral au bac, parce qu'on avait « collé » Mouriez... Les démarches que j'avais faites avec mon père par une journée aussi chaude que celle-ci, pour faire relever Renaud (artilleur à Rennes) d'un engagement à la Légion[1], – parce qu'un juteux sadique martyrisait un pauvre gars hébété... Et cet abandon (du jour au lendemain) d'une élégance discrète mais sévère pour un laisser-aller de chandails et de savates, – parce qu'il avait acquis la preuve qu'un homme admiré, grand bourgeois d'une famille de notables, n'était qu'un tartufe[2] sans scrupule...

Je revins sur mes pas. Oui, la dernière vision emportée de lui, immobile, pâle et obstinément muet sur son coin de divan, me sembla tout à coup le prodrome[3] d'un de ces coups impétueux et baroques. Je ne me trompais guère.

Je le trouvai dans son jardin. Il avait déjà accumulé branches

---

1. Légion étrangère : corps militaire formé de volontaires étrangers au service de la France.
2. Hypocrite.
3. Préambule, signe avant-coureur.

et branchages, avec des débris de caisses, des éclats de planches
et de lambris, en vue de je ne sais quel bûcher. Et là-dessus
commençaient de s'entasser les trésors durement rassemblés
155 durant sa vie, – qui étaient le sel de sa vie : livres, objets,
tableaux... Mon cœur sauta à la vue de ceux que je reconnus :
le coin d'un volet de retable[1] qui n'était sans doute pas de
Memling[2], mais assurément de l'école de Bruges[3]. Une petite
marine[4] mouvementée de Jules Noël, romantique symphonie
160 de gris et de bleus profonds. D'une autre toile, je ne voyais que
le dos, mais j'en reconnaissais le cadre, – celui d'un « nain »
(par Picasso) dont il me semblait voir le visage mélancolique,
plein de douceur. Une petite boîte de citronnier, toute simple,
mais qui contenait, je le savais, quantité de dentelles vieilles et
165 adorables. Et cette étrange ceinture qui avait dû ceindre
quelque courtisane à la taille de guêpe, seize menues plaques
d'ivoire où un artiste charmant avait peint seize petites scènes
des amours de Zeus... Tout cela nageait, avec maints objets
moins vite reconnus, parmi les livres. Et je vis qu'il n'avait pas
170 choisi. Qu'il avait déversé pêle-mêle les éditions les plus
humbles et les plus rares. Des volumes écornés, à demi débro-
chés à force d'avoir été lus, voisinaient avec les *Illuminations*[5] en
original, les contes anonymes de Nodier[6] dans un cocasse car-

---

1. Partie postérieure et décorée d'un autel.
2. Peintre flamand (1433-1494).
3. Célèbre école de peinture originaire de Bruges, ville belge.
4. Peinture représentant un paysage marin.
5. Recueil de poèmes en prose d'Arthur Rimbaud (1886).
6. Écrivain français (1780-1844), célèbre pour ses contes fantastiques.

tonnage romantique, *La Princesse de Clèves*[1] en reliure
d'époque. Je reconnus le Hugo qu'il tenait de son père, le
Proust[2] auquel manquait, comme un œil, *l'amour de Swann*, les
Conrad[3] et les Woolf[4] de Tauchnitz[5], tous ces livres que j'avais
si souvent feuilletés et empruntés. Dominant le tout, une petite
main de bronze, la main longue, souple, mince et délicate d'un
Bouddha du Népal, semblait muettement offrir sa protestation
désespérée. Quand j'arrivai, Renaud vidait ses bras de toute une
charge de Balzac. Je l'appelai d'un cri depuis le seuil.

Il se retourna. Ces yeux gris et luisants, brûlants et glacés,
comme je les connaissais ! Il baissa le front, dans un mouvement de jeune taureau.

– Eh bien ? dit-il. (Je voyais ses mâchoires remuer, et je le sentais tendu sur ses jambes, comme prêt à bondir. Je m'approchai.)

– Écoute, Renaud..., commençai-je en levant une main. (Il
bondit en effet, écarta les bras, me barra la route. Je voulus
prendre son poignet, mais il se dégagea d'un geste brusque.)
Renaud, suppliai-je, écoute-moi. À quelle folie encore...

– Folie ? lança-t-il. (Il enfonça ses mains dans ses poches et partit à rire. C'était un rire forcé, mécanique, violent et pitoyable.)
Folie, dis-tu ! Folie, vraiment... Tu n'es pas fou, TOI. Oh ! non,
pas du tout. (Il me regardait comme s'il m'eût haï.)

---

1. Roman de Mme de La Fayette (1678).
2. Écrivain français (1871-1922), auteur de *À la recherche du temps perdu*.
3. Joseph Conrad, écrivain anglais (1857-1924).
4. Virginia Woolf, écrivain anglais (1882-1941).
5. Célèbre maison d'édition allemande.

Je compris que, si je ne parlais pas très vite, il allait me prendre par les épaules, me pousser dehors.

— Renaud, Renaud, m'écriai-je, tu n'as pas ton sang-froid. Attends. Écoute-moi. Que vas-tu faire? À quoi rime cet holo-
200 causte[1]? Qui donc vas-tu punir? Toi, une fois de plus, et quand...

Il m'interrompit et cria:

— Non! (Il secoua la tête.) Moi? Me punir moi? (D'une main il sembla balayer ces mots et tout à coup se pencha vers
205 mon visage.) Non, non..., cria-t-il et il me lança dans la figure: Le mensonge! (Il répéta, il hurla du plus fort qu'il pouvait:) Le men-son-ge!

Je crus qu'il m'accusait.

— Qui? protestai-je. Quel mensonge?

210 Prit-il garde à ma question? Probablement pas tout de suite. Il continuait sur le même ton de colère furieuse:

— Le plus grand, le plus sinistre mensonge de ce monde sinistre! Mensonge! Mensonge! Mensonge! Lequel, dis-tu? Tu ne sais pas, vraiment? Oui, oui, je vois ce que c'est. Tu en es,
215 toi aussi, tu en es comme j'en étais. Mais je n'en suis plus, c'est fini. Adieu, n-i-ni fini, j'ai compris! cria-t-il dans un éclat de rage exaspérée et il se détourna vers le bûcher et fit un pas.

Je le rattrapai par la manche. Mais ce fut lui qui m'entraîna et en trois sauts nous fûmes auprès de l'amoncellement. Il y

---

1. Sacrifice. (Ce mot désigne aussi l'extermination des juifs par les nazis durant la Seconde Guerre mondiale.)

²²⁰ donna un coup de pied et je vis voler en l'air *La Chartreuse de Parme*. Et tout à coup il agrippa mon épaule, et m'obligeant à me pencher sur ces trésors accumulés :

– Mais regarde-les, cria-t-il, et salue-les donc, et bave-leur donc ton admiration et ta reconnaissance ! À cause de ce qu'ils ²²⁵ te font penser de toi-même. Puisque te voici, grâce à eux, un homme si content de soi ! Si content d'être un homme ! Si content d'être une créature tellement précieuse et estimable ! Oh ! oui : remplie de sentiments poétiques et d'idées morales et d'aspirations mystiques et tout ce qui s'ensuit. Nom de Dieu, et ²³⁰ des types comme toi et moi nous lisons ça et nous nous délectons et nous disons : « Nous sommes des individus tout à fait sensibles et intelligents. » Et nous nous faisons mutuellement des courbettes et nous admirons réciproquement chacun de nos jolis cheveux coupés en quatre et nous nous passons la rhubarbe ²³⁵ et le séné[1]. Et tout ça, qu'est-ce que c'est ? Rien qu'une chiennerie, une chiennerie à vomir ! Ce qu'il est, l'homme ? La plus salope des créatures ! La plus vile et la plus sournoise et la plus cruelle ! Le tigre, le crocodile ? Mais ce sont des anges à côté de nous ! Et ils ne jouent pas de plus au petit saint, au grave pen- ²⁴⁰ seur, au philosophe, au poète ! Et tu voudrais que je garde tout ça sur mes rayons ? Pour quoi faire ? Pour, le soir, converser élégamment avec Monsieur Stendhal, comme jadis, avec Monsieur Baudelaire, avec Messieurs Gide et Valéry, pendant qu'on rôtit tout vifs des femmes et des gosses dans une église ? Pendant

---

1. **Expression proverbiale signifiant :** « Nous nous faisons des concessions mutuelles. »

245 qu'on massacre et qu'on assassine sur toute la surface de la
Terre ? Pendant qu'on décapite des femmes à la hache ? Pendant
qu'on entasse les gens dans des chambres délibérément
construites pour les asphyxier ? Pendant qu'un peu partout des
pendus se balancent aux arbres, aux sons de la radio qui donne
250 peut-être bien du Mozart ? Pendant qu'on brûle les pieds et les
mains des gens pour leur faire livrer les copains ? Pendant qu'on
fait mourir à la peine, qu'on tue sous les coups, qu'on fait crever
de labeur, de faim et de froid mon doux, mon bon, mon déli-
cieux Bernard Meyer ? Et que nous sommes entourés de gens
255 (des gens très bien, n'est-ce pas, cultivés et tout) dont pas un ne
risquerait un doigt pour empêcher ces actes horribles, qu'ils veu-
lent lâchement ignorer ou dont ils se fichent, que quelques-uns
même approuvent et dont ils se réjouissent ? Et tu demandes : «
Quelle folie encore… ? » Nom de Dieu, qui de nous est fou ? Dis,
260 dis, où est la folie ? Oseras-tu prétendre que tout ce fatras que
voilà est mieux qu'une tartuferie[1], tant que l'homme est ce qu'il
est ? Un sale soporifique[2], propre à nous endormir dans une
satisfaction béate[3] ? Saloperies ! s'écria-t-il d'une voix si aiguë
qu'elle s'enroua de colère. Je n'en lirai plus une ligne ! Plus une,
265 jusqu'à ce que l'homme ait changé, mais d'ici là, plus une ligne,
tu m'entends ? Plus une, plus une, plus une !

---

1. Hypocrisie (mot formé d'après le *Tartuffe*, de
Molière, 1669).
2. Produit qui endort.
3. Bienheureuse.

BIEN LIRE   **L. 244-245 : Allusion
au massacre d'Oradour,
mentionné page 106,
lignes 67-68.**

Il m'avait lâché. Ces derniers mots, il les cria en tapant du pied, comme un enfant coléreux que le chagrin met hors de lui. Il saisit la branche d'un arbuste et l'arracha. Il donnait des coups à droite et à gauche, sur n'importe quoi, en répétant «Plus une, plus une!», mais tout à coup sa voix se brisa dans un étrange gargouillis, et enfin les larmes s'échappèrent, et tout son corps, abandonnant soudain sa violence, sembla se tasser sur lui-même; et moi, le prenant à mon tour par le bras, je pus à pas lents le conduire jusqu'à son divan, et il s'y laissa tomber, et il enfouit sa tête dans un coussin et s'abandonna tout à fait aux sanglots.

Il pleurait vraiment comme un enfant désespéré. Je crois bien que je pleurais aussi, silencieusement, en le regardant. Je m'étais assis près de lui, et je tenais une de ses mains dans les miennes, et il s'y accrochait, – il s'y retenait et s'y pendait, tout à fait, vraiment, comme un enfant. Ce désespoir dura longtemps, – il me parut prodigieusement long. Mais, pour finir, comme un enfant les larmes peu à peu eurent raison de lui, comme un enfant il s'assoupit dans la pénombre de plus en plus épaisse de ce long jour finissant, tandis que le secouaient encore, d'instant en instant, de petits soupirs convulsifs.

Alors je montai à l'étage chercher la vieille Berthe, afin qu'elle m'aidât. La nuit était tombée. Berthe ne demanda rien. Elle se contenta d'un regard sur Renaud, endormi et pitoyable, et secoua un peu la tête. Et c'est silencieusement que nous remîmes toutes choses à leur place.

Mais depuis j'ai perdu moi aussi la joie de la lecture. Pensé-

je comme Renaud? Non pas, tout au contraire! L'art seul
m'empêche de désespérer. L'art donne tort à Renaud. Nous le
295 voyons bien, que l'homme est décidément une assez sale bête.
Heureusement, l'art, la pensée désintéressée le rachètent.

Et pourtant, depuis ce jour, j'ai perdu la joie de lire. Mais
c'est à cause de moi: c'est moi qui ai mauvaise conscience.
Devant mes tableaux, devant mes livres, je détourne un peu les
300 yeux. Comme un filou, pas encore endurci, qui ne peut jouir
avec un cœur tranquille de ses trésors dérobés.

Juillet 1944.

LE CHEVAL ET LA MORT

Je n'écoutais guère leurs histoires. Elles m'amusent parfois, mais le plus souvent je les trouve stupides. Je réchauffais le petit verre d'alcool dans mes mains, et je riais comme les autres, au mot de la fin, par cordialité. Il me semblait bien que notre hôte
5 faisait tout comme moi. Pourtant (quand Jean-Marc toussa pour éclaircir sa voix) il leva les yeux sur lui, sourit, et montra bien qu'il écoutait.

— La mienne est vraie, d'histoire, dit Jean-Marc. Je n'ai pas toujours été le bourgeois bedonnant que vous voyez. Je n'ai pas
10 toujours été gérant d'immeubles. J'ai été un aspirant-architecte que les copains aimaient bien parce qu'il était fantaisiste. C'est extraordinaire combien la fantaisie est une qualité fragile.

« Ce jour-là... ou plutôt cette nuit-là, nous étions une demi-douzaine à avoir bien bu et bien chanté chez Balazuc, vous savez,
15 rue des Beaux-Arts : son tavel[1]. Ça se boit comme de l'eau...

— Ça se buvait, dit Maurice tristement.

— Ça reviendra, dit Jean-Marc. Nous déambulions le long du boulevard Saint-Germain. Il était minuit... une heure. Nous cherchions quelque chose à faire, quelque farce à faire. Je n'ai
20 jamais très bien compris comment la chose se trouvait là : un

---

1. Vin de Tavel, dans le Gard.

tombereau[1] vide avec un cheval, attaché à un arbre. Sans cocher, sans rien. C'était un bon gros cheval, qui dormait debout, la tête pendante. Nous l'avons dételé, et il nous a suivi bien tranquillement, à la manière des chevaux, qui semblent
25 toujours trouver ce qu'on leur demande à la fois un peu étrange et tout à fait naturel. Nous lui montions sur le dos alternativement, et ceux qui restaient à pied l'excitaient de la voix et du geste. J'ai même réussi à lui faire prendre le galop, une fois, oh ! pas longtemps : sur dix ou douze mètres. Si nous le laissions à
30 lui-même, il ralentissait l'allure jusqu'à s'arrêter, et il s'endormait sur place. Nous lui avons fait faire je ne sais quels détours. À vrai dire, nous en avons eu bientôt assez, mais nous ne savions que faire de lui. Pas question d'aller le remettre à son tombereau : c'était trop loin. Nous étions arrivés rue d'Assas, ou
35 rue de Fleurus, par là.

« C'est alors que j'ai eu l'idée. Connaissez-vous la rue Huysmans ? La rue la plus sinistre de tout Paris. C'est une rue entièrement bourgeoise : entendez qu'elle a été construite en une fois, avec de chaque côté des maisons de pierre de taille, de
40 style bourgeois. Pas une boutique, vous n'avez pas idée combien une rue sans boutiques (sans boutiques du tout) peut être lugubre. Personne n'y passe. Une rue grise, guindée[2], vaniteuse, toujours déserte. Une rue de pipelets[3], de pipelets bien élevés,

---

1. Voiture faite d'une caisse montée sur deux roues qu'on peut basculer à l'arrière pour charger et décharger des marchandises.
2. Maniérée, raide.
3. Concierges.

qui ne sortent jamais sur le pas de leur porte. J'ai tout à coup
45 pensé que j'avais l'occasion de me venger de cette rue.

« De me venger, tout au moins, d'un des pipelets. N'importe
lequel. Nous avons amené là notre cheval. On a sonné à une
porte, une superbe porte en fer forgé, avec de grandes vitres.
On a fait entrer le bon dada, on l'a poussé jusque devant la
50 loge. L'un de nous a dit d'une voix très forte, a crié, comme un
locataire attardé, d'une voix un peu hennissante :

« "Chevaâal !"

« Et nous sommes sortis en le laissant là. Je ne sais rien de la
suite.

55 « Ça n'a pas l'air très drôle, mais... Tout de même, il suffit
d'un peu d'imagination. D'imaginer d'abord le bon bourrin[1],
tout seul dans le hall, immobile, l'air idiot et un peu embêté. Et
le pipelet, qui entend ce nom bizarre, il ne se rappelle pas ce
locataire-là. Qui entrouvre sa lucarne, – qui voit ça (un vrai
60 cheval dont la longue tête tourne vers lui son regard triste) et
qui, pendant une minute, dans son demi-sommeil, se demande
si maintenant les chevaux rentrent chez eux vraiment en disant
leur nom... Moi, depuis vingt ans que c'est arrivé, je jubile
chaque fois que j'y pense.

65 Notre hôte posa son verre et dit :
– Je vais vous raconter la plus belle histoire sur Hitler.
Ce coq-à-l'âne me parut plutôt étrange.

---

1. Cheval (mot familier).

– Au fond c'est la même histoire, reprit-il, c'est pourquoi j'y
pense. C'est encore une histoire vraie. C'est Z... qui la raconte,
70 il connaît très bien Brecker. Ce ne serait pas une preuve qu'elle
fût vraie, mais je suis certain qu'elle l'est. Car elle ne finit pas.
Quand une histoire est imaginaire, on lui trouve une fin.

« C'est quand Hitler est venu à Paris, en 41. Vous savez. Il est
arrivé à cinq heures du matin. Il s'est fait conduire ici et là. Il y
75 a une photo atroce, – atroce pour nous, – où il est sur la terrasse du palais de Chaillot. Devant l'un des plus beaux, devant
peut-être le plus beau paysage urbain[1] du monde. Avec tout
Paris à ses pieds. Tout Paris endormi et qui ne sait pas que
Hitler le regarde.

80 « Il s'est fait conduire aussi à l'Opéra, dans la salle. La salle de
l'Opéra à six heures du matin... vous imaginez cela. Il s'est fait
montrer la loge du président de la République, et il s'y est assis.
Assis tout seul, dans cette loge, tout seul dans cette loge, tout
seul dans cette salle à six heures du matin. Je ne sais pas si cela
85 vous dit quelque chose. Moi je trouve cela pathétique, je trouve
cette visite de Paris pathétique. Cet homme qui a conquis Paris
mais qui sait bien qu'il ne peut posséder cette ville qu'endor-
mie, qu'il ne peut se montrer à l'Opéra que dans le désert pous-
siéreux de l'aube...

---

1. De ville.

BIEN LIRE

L. 67 : Pourquoi s'agit-il ici d'un « coq-à-l'âne » ?

90 « Mais tout cela n'est survenu qu'après. Ce que je veux vous raconter se passe d'abord, dès son arrivée. C'est Brecker qui le reçoit, le morne Brecker que Hitler appelle son Michel-Ange[1]. Et le Führer lui dit :

"Avant tout emmène-moi où tu habitais, il y a vingt ans. Je 95 veux d'abord voir où tu travaillais, je veux voir ton atelier à Montparnasse."

« Alors la voiture met le cap sur la rue Campagne-Première, ou sur la rue Boissonade, je ne sais plus trop, enfin une de ces rues-là. Brecker hésite un peu, tâtonne un peu, bien des choses 100 ont changé depuis vingt ans. Tout de même il reconnaît l'espèce de grande porte cochère. On descend et on frappe.

« Ici, il me semble qu'il vous faudrait faire le même effort d'imagination que pour le pipelet au bourrin. Ce n'est pas cette fois un pipelet mais une vieille gardienne ; on ne peut pas 105 ouvrir de la loge, il faut descendre. Ces coups insistants la réveillent, elle se demande, un peu tremblante, ce qui se passe, enfile une vieille douillette[2], ou une pèlerine, descend son demi-étage encore bien sombre, et tripote quelque peu de ses vieilles mains la grosse serrure indocile avant de parvenir à 110 ouvrir la porte...

« Enfin elle ouvre, elle regarde. Et elle voit...

---

1. Peintre et sculpteur fameux de la Renaissance italienne.
2. Robe de chambre ouatée.

L. 101 : Qui est désigné par le pronom « on » ?

HITLER

« C'est toute l'histoire... Mais elle est surprenante et elle en
dit long, parce que justement on comprend bien qu'il est super-
115 flu de raconter le cri terrorisé que la vieille jeta et comment elle
repoussa précipitamment la porte sur cette incroyable vision.
Autant dire qu'elle vit le Diable. Car enfin cela aurait pu être
tout aussi bien d'autres Allemands : elle aurait eu peur certes,
elle se fût dit : "Qu'est-ce qu'ils viennent faire ?" mais elle les eût
120 fait entrer, – en tremblant sans doute ; – mais enfin c'est tout.
Ou bien imaginez Franco[1], ou même Mussolini[2]. Elle ne les
aurait probablement pas reconnus si vite, et puis quand même :
elle n'aurait pas repoussé la porte avec ce cri d'horreur épou-
vanté. Non, non : nous voyons bien que ce qu'elle a trouvé der-
125 rière la porte était aussi terrifiant, aussi horrifique et redoutable
que si c'eût été la Mort, la Mort avec sa faux et son linceul, et
ce sourire sinistre dans les mâchoires sans lèvres.

Août 1944.

---

1. Général et homme politique espagnol,
allié de Mussolini et d'Hitler. En 1938, il
prit de titre de *caudillo* (« le guide »).
2. Homme d'État italien. Surnommé le
duce (« le guide »), il dirigea l'Italie fas-
ciste.

BIEN LIRE

**L. 97-112 : Par quels procédés
l'apparition d'Hitler est-elle
mise en valeur ?**

L'IMPRIMERIE DE VERDUN

I

— À bas les voleurs !

Vendresse l'avait poussé de tout son cœur, ce cri vindicatif[1], en ce captieux[2] février. Il y croyait. Il détestait les voleurs. « C'est eux qui nous ont menés où nous sommes. »

5   Je l'aimais bien, Vendresse. Il était fervent et sincère. Sa sincérité, sa ferveur se trompaient de chemin, c'est tout. Il m'appelait « Bolchevik[3] ! » en riant à moitié, à moitié seulement. Il savait que je n'étais pas « du Parti[4] », que je ne serais jamais d'un parti. Mais j'étais encore moins du sien : le seul qui fût honnête
10 à ses yeux, le seul où l'on aimât l'ordre et la patrie. Il n'aimait guère davantage les « types de l'A.F[5]. », des chambardeurs[6] encore, dans leur genre. Oh ! il était aussi pour le chambard, mais un chambard ordonné, un chambard contre les voleurs.

— Mais où sont-ils, ces fameux voleurs ? disais-je.

15 — Eh bien, par exemple ! s'indignait-il en me regardant avec des yeux tout ronds.

— Lisez donc, insistais-je, ce qu'écrivait l'autre jour un de mes amis : « Pourquoi, disait-il, ne va-t-on pas plutôt crier "À bas les assassins !" à la gare de l'Est, et brûler les vieux wagons de bois

---

1. Agressif, revanchard.
2. Trompeur.
3. Le mot désigne ici, ironiquement, un membre extrémiste du Parti communiste.
4. Le Parti communiste.
5. L'Action française, parti d'extrême droite.
6. Personnes qui créent du désordre.

BIEN LIRE

L. 9-10 : Les verbes « fût » et « aimât » sont à l'imparfait du subjonctif.

20 qui tuent les voyageurs par deux cents à la fois, parce que l'assurance coûte moins cher à la Compagnie que des wagons neufs ? »

— Oh ! protestait Vendresse, des wagons qui peuvent encore servir !

25 C'était là tout mon Vendresse, et je regardais avec amusement sa petite imprimerie tout encombrée d'objets inutiles, – vieux clichés, vieilles clefs, vieux cendriers-réclames, vieux écrous et même un vieux manomètre[1] (de quelle chaudière ?), – qu'il ne pouvait se décider à jeter : « Ça pourrait servir. »

30 *Imprimerie de Verdun.* Ce nom surprenait sur l'étroite boutique, dans son encoignure du passage d'Enfer, à Montparnasse. « Pourquoi Verdun ? L'enfer de Verdun ? » se demandait-on. En somme, il y avait de ça, bien que le rapprochement ne fût pas volontaire. Vendresse était mi-apprenti mi-

35 compagnon en 14 quand éclata la guerre. Son patron parti, il garda la maison ouverte jusqu'à son propre départ, à la fin de 1915. Tous deux furent blessés à Verdun, dans des régiments différents. Vendresse s'en remit très bien. Mais on dut couper le pied droit du patron : gangrène. Un peu plus tard, il fallut

40 remettre ça au-dessus du genou. Puis toute la cuisse y passa, et enfin la jambe gauche se prit. Quand il alla sur le billard pour

---

1. Appareil servant à mesurer la tension d'un gaz, d'une vapeur, la pression d'un fluide conservé dans un espace fermé.

BIEN LIRE

L. 25 : Quelle nuance de sens traduit l'adjectif possessif dans « mon Vendresse » ?

la sixième fois (l'autre cuisse), il coucha Vendresse sur son tes-
tament et lui légua l'imprimerie, en souvenir de Verdun.

C'est ainsi que Vendresse, en 1924, devint son propre
45 patron, et baptisa l'imprimerie de ce nom glorieux. Oh! c'était
une modeste affaire : « bilboquets[1] » seulement, faire-part, en-
têtes de lettres, dépliants... Une minerve[2] automatique, une
presse à pédale, et une drôle de vieille presse à bras. C'est pour
celle-ci que je venais : épreuves pour mes éditions.

50 Petit patron mais, n'est-ce pas, patron. Il tenait énormément
à cette qualité. Voilà sans doute pourquoi il était allé crier « À
bas les voleurs ! » pour protester contre les impôts. Lesquels sont
trop lourds parce que les Juifs s'engraissent, que les francs-
maçons[3] volent, que les « bolcheviks » sabotent.

55 Il faisait une grande différence entre ces diverses entités[4] et
les individus qui les composent. Ainsi son compagnon[5] était
juif, franc-maçon et antifasciste[6]. Ce qui n'empêchait point
Vendresse, malgré cette triple tare, de l'apprécier fort. « Il y en
a de bons », disait-il. C'était, ce compagnon, un petit gars de
60 Briançon, ardent, vif, travailleur et adroit, qui avait fait Verdun,

---

1. Petits travaux d'impression, telles affiches, cartes de visite...
2. Petite machine à imprimer.
3. Membres de la franc-maçonnerie, association secrète
internationale. Les juifs étaient souvent accusés de faire partie de cette association et de participer à un complot international contre les pouvoirs en place.
4. Unités, groupes.
5. Artisan qui n'est plus apprenti, sans être toutefois patron.
6. Contre les régimes totalitaires et nationalistes instaurés
par Mussolini (Italie), Franco (Espagne) et Hitler
(Allemagne).

BIEN LIRE

L. 39 et 49 :
Précisez la valeur
des deux-points
après « patron »
et « je venais ».

lui aussi. Après la guerre, il avait racheté à un sien cousin une petite imprimerie dans le Piémont, à Pignerol. Le fascisme l'en avait chassé. Vendresse l'avait embauché, toujours en souvenir de Verdun. Dacosta et lui s'engueulaient ferme trois fois la
65 semaine à cause de Mussolini. Après quoi ils allaient prendre un pot rue Campagne-Première. Ils s'adoraient.

Ça faillit tourner mal en 36[1]. Dacosta se sentit obligé de faire la grève, par solidarité. Il en prévint son patron, en l'assurant qu'il ferait des heures supplémentaires les semaines suivantes,
70 pour compenser, au même prix. Vendresse tempêta, menaça de le chasser. « S'il y avait la grève des patrons, dit Dacosta, tu la ferais, s'pas ? Même si je te menaçais de partir. » Vendresse continua de gueuler, pour la forme. Mais l'argument le toucha. Il était très sensible à la justice.
75 La crise de Munich[2] fut très aiguë à l'imprimerie. « C'est une honte, une honte », disait Dacosta, et sa bouche étroite tremblait sous la petite moustache courte, et ses yeux noirs s'embuaient de larmes. « Allons, allons, disait Vendresse, faut être juste : si les Tchèques les maltraitent, ces Sudètes[3], tout de
80 même ! il n'a pas tort, Hitlère. – Et les Juifs, ils ne sont pas mal-

1. Époque de l'avènement du Front populaire, coalition des partis de gauche qui arrivèrent au pouvoir en juin 1936.
2. Signés par la France (Daladier), l'Angleterre (Chamberlain), l'Italie (Mussolini) et l'Allemagne (Hitler), les accords de Munich (septembre 1938) laissaient l'Allemagne annexer le territoire des Sudètes en Tchécoslovaquie. Cette rencontre renforça le pouvoir d'Hitler et marqua un recul de la démocratie.
3. Minorité de langue allemande, en Tchécoslovaquie.

traités en Allemagne ? On fait quelque chose pour eux ? disait
Dacosta avec une rage rentrée. – Faudrait voir, disait Vendresse.
Propagande communiste, tout ça. – Et les Sudètes, c'est pas de
la propagande ? Patron, patron, je te le dis : d'abandon en aban-
85 don, on ira loin. Dans trois ans, nous serons vassalisés[1].
– Vassalisés ! tonnait Vendresse. Vassalisés ! On l'est pas déjà,
vassalisés ? Par les Juifs et les francs-maçons ? » Suivait un silence
pénible. Le commis, juif et franc-maçon, regardait son patron
avec une douce ironie... Et Vendresse se sentait un peu bête,
90 fourgonnait ses poches pour y chercher une pipe qu'il savait
absente, déplaçait ses petites lunettes rondes sur son petit bout
de nez rose, remuait ses grosses lèvres sous la moustache roussie par les mégots.

Vint la guerre. Vendresse et Dacosta avaient passé quarante
95 ans tous deux. Ils furent mobilisés dans les compagnies de travailleurs. Je connaissais des gens au Premier Bureau[2] : Vendresse
me demanda d'intervenir et, en avril 40, ils furent réunis. Leur
compagnie travaillait dans la forêt de Compiègne. Dacosta était
sergent, Vendresse cabot[3] seulement : ils trouvaient ça drôle.

100 Quand, en juin, les Fridolins[4] menacèrent Compiègne, la
compagnie fut chargée d'abattre des arbres en travers de la
route, entre la Croix-Saint-Ouen et Verberie. Vers le soir, ils
commencèrent d'entendre le défilé des blindés sur la rive droite

---

1. Soumis (comme l'étaient, au Moyen Âge, les vassaux vis-à-vis de leur seigneur).
2. Administration qui décide des mobilisations.
3. Caporal (argot).
4. Les Allemands.

de l'Oise, et pareillement en forêt sur la nationale 332, tandis
105 que l'aviation pilonnait le carrefour de Vaudrempont. Ils rega-
gnèrent en hâte leur cantonnement de Saint-Sauveur, et n'y
trouvèrent plus personne : le capitaine avait filé dans sa
Citroën, avec ses deux lieutenants.

« Salauds, dit Dacosta. Ah ! elle est belle, ton élite, dit-il à
110 Vendresse. L'assureur-conseil, le marchand de liqueurs et le
petit freluquet d'active[1]. De beaux patriotes ! – Faut pas généra-
liser, dit Vendresse énervé. Et puis, peut-être qu'ils ont eu des
ordres. » Quoi qu'il en fût, Dacosta prit le commandement de
la compagnie abandonnée, et commença de lui faire faire
115 retraite. Ils échappèrent de justesse aux panzers[2] à Senlis, furent
rattrapés à Dammartin, se dégagèrent à la faveur de la nuit, passèrent la Marne au barrage de Tribaldou, et décrochèrent défi-
nitivement à Pithiviers. À part quelques traînards, vieux
pépères de quarante-huit ans qui se laissèrent prendre, affalés à
120 bout de souffle dans un fossé, Dacosta mena sa compagnie au
complet jusqu'à Gien. Ils subirent quelques pertes au passage
de la Loire ; un groupe de la deuxième section, sous la conduite
d'un vieux cabot découragé, abandonna pendant la nuit, entre
Bourges et Montluçon ; toutefois en arrivant enfin, exténués, à
125 Clermont, Dacosta conservait le contrôle de plus des deux tiers
de son unité. Il fut cité à l'ordre de l'armée. Le général G*** le
félicita en public.

---

1. Soldat ou officier sans envergure.
2. Chars de l'armée allemande.

Pétain[1] prit le pouvoir. « Enfin ! » dit Vendresse.

« Eh bien, dit Dacosta, t'as pas peur. – De quoi ? aboya
130 Vendresse. Il n'y a que lui pour nous tirer de là. Si on l'avait
appelé plus tôt... Pétain : Verdun. De quoi as-tu peur ?
Kapout[2] République, dit Dacosta. Et quant à nous, les Juifs, ça
va barder. » Du coup, Vendresse rigola. « Tu sais qu'au fond, les
Juifs, je les emmerde, mais les gars comme toi... Verdun et les
135 palmes[3]... Le Vieux[4], laisser tomber ses poilus[5] ? Tu es un beau
salaud ! »

On les démobilisa[6] le 3 août au matin. Un train était formé,
pour les libérés parisiens, le soir même. Ceux qui voulaient ren-
trer devaient se décider sur l'heure : les Allemands n'accepte-
140 raient plus ensuite, assurait-on, les retours individuels. Ce fut
pour Dacosta une décision angoissante : allait-il se fourrer dans
les pattes des Fritz[7] ? « Avec le nom que j'ai, ils sont foutus de
m'embarquer pas plus tard qu'à Moulins. – Tu penses ! dit
Vendresse. Ils s'en moquent pas mal. T'en fais pas, je te dis. Tu
145 ne risques rien avec le Vieux. Pas d'histoires : tu rentres avec
moi. »

---

1. Grand vainqueur de la guerre de 14-18. Sa victoire
sur les Allemands durant la terrible bataille de Verdun
en fit un héros national.
2. *Kaputt* signifie « cassé » en Allemand. Comprendre
ici : « C'est la mort de la République ».
3. Décorations (Vendresse est un ancien de Verdun,
qui a été décoré).
4. Nom affectueux donné à Pétain.
5. Nom donné aux soldats de la guerre de 14-18.
6. Rendit à la vie active (les soldats).
7. Allemands.

BIEN LIRE

L. 137 : Qui est désigné par le pronom « on » ?

Il rentra.

L'imprimerie fut rouverte et, petit à petit, le travail reprit. Tout marchait bien, sinon que les rapports se tendaient un peu
150 entre le patron et son commis. Vendresse triomphait. « Tu vois, hein, le Vieux ? Même ici, les Fridolins n'osent rien faire. – Va voir dans l'Est et dans le Nord, disait Dacosta. – Bobards[1] », disait Vendresse. Là-dessus, la discussion tournait à l'aigre.

Vers la fin de janvier, Vendresse reçut une visite. C'était un
155 collègue, enfin : un galvano[2]. Sa carte portait : *Membre de l'Association des imprimeurs-graveurs-brocheurs anciens combattants. – Membre de l'Amicale des vieux de Verdun.* Il s'appelait Paars. Il était gras, un peu trop élégamment vêtu. Ses grosses joues plutôt molles, rasées de près, étaient couperosées sous la
160 poudre. Ils parlèrent d'abord de la pluie et du beau temps, comme il se doit, pour faire connaissance. Et puis :

– Alors, tu as fait Verdun, toi aussi ? dit Vendresse (on se tutoie entre « Vieux de Verdun »).

– Et comment ! dit Paars.

165 – Quel secteur ?

– Eh bien... à Verdun, dans la ville quoi. Aux unités de passage. (Il cligna de l'œil.) Le filon[3].

---

1. Mensonges, affabulations.
2. Abréviation de « galvanotype ». Désigne ici un artisan spécialisé dans la réalisation de clichés en relief.
3. Situation qui apporte de nombreux avantages.

BIEN LIRE — **L. 167 : Que veut dire Paars lorsqu'il parle d'un « filon » ?**

– Ah! oui...

Il y eut un silence.

170 Et qu'est-ce qui t'amène? dit Vendresse.

– Voilà, dit Paars, on est quelques-uns aux Vieux de Verdun à trouver que c'est le moment de se débarrasser des Juifs dans la profession. On fera une pétition à Vichy[1]. Tu marches avec nous, naturellement?

175 Vendresse ne répondit pas tout de suite. Il fourgonnait ses poches, pour y chercher une pipe absente. Il déplaça quelques vieux écrous, quelques vieilles clefs, et le vieux manomètre, comme si cela fût à faire de toute urgence. Il dit enfin, sans se retourner :

180 – Moi, je marche avec le Maréchal. Je pense que ce n'est pas à moi de lui dire ce qu'il faut faire ; c'est à lui de nous le dire, à nous de faire ce qu'il dit. Voilà ce que je pense.

Il se retourna, s'en fut derrière son bureau, s'assit. Ses grosses lèvres remuaient sous la moustache roussie.

185 Il toussa.

– Et alors, dit-il enfin, la galvano, ça marche à peu près?

– Eh bien, dit Paars... moi, n'est-ce pas, je n'ai plus ma boîte, depuis trente-huit. Les manigances d'un Juif, comme de juste. Mais (il cligna l'œil) ça ne lui portera pas bonheur... Allons, dit-
190 il en se levant, c'est dit, hein? Je mets ton nom.

– Une minute, une minute, dit Vendresse. Les Juifs, c'est entendu, je les emmerde. Seulement...

---

1. Le gouvernement français de la Collaboration s'était établi à Vichy, avec Pétain et son ministre, Laval.

Il retira ses lunettes, les essuya. Ses yeux étaient tout petits sans les lunettes. Il les remit.

195   — Il y a des Juifs à l'Amicale : j'en connais. C'est embêtant.

— S'ils étaient au casse-pipe[1], dit Paars avec une espèce de rire qui chevrotait entre les bords d'une moue méprisante, c'est qu'ils ne pouvaient pas faire autrement. Pas de sentiment, mon vieux.

200   — Oui, oui, bien sûr, dit Vendresse. N'empêche, j'aime mieux attendre. Le Maréchal...

— Quoi, le Maréchal ? Ah ! oui, ce qu'on dit qu'il a dit : « Il y avait des Juifs à Verdun... » Tu m'amuses : tu préviens tes clients, toi, quand tu veux les avoir ? Allons, allons, décide-toi :

205 tu donnes ton nom, tu ne le donnes pas ?

— Non, vois-tu, je ne le donne pas, dit Vendresse.

— Bon, dit Paars. Je ne peux pas t'obliger. Tu réfléchiras. Je ne pensais pas que tu blairais[2] les Juifs.

Vendresse dit, vivement et comme agacé :

210   — Je ne les blaire pas. (Puis, d'une voix plus calme, un peu hésitante :) Mais ça m'embête de... Le jour où Pétain nous dira...

— Rassure-toi : tu n'attendras pas beaucoup.

Paars échangea quelques mots encore avec Vendresse, des mots pour la forme et sans objet, puis il partit.

215   Vendresse tournicota longtemps dans son petit bureau. Avant d'entrer enfin dans l'atelier, il jeta un dernier coup d'œil

---

1. Guerre (langage populaire).
2. Aimais (langage populaire).

au portrait en couleurs naturelles du Maréchal, au milieu du mur. « Je hais les mensonges... »

Il entra et regarda Dacosta, qui passait des faire-part sur la
220 presse à pédale.

Il tournicota encore dans l'atelier, fourgonnant ses poches à la recherche d'une pipe mythique[1]. Ses grosses lèvres remuaient. Il jetait sur Dacosta des coups d'œil en coulisse.

Pour finir, il ne dit rien.

225 Dacosta s'était marié peu de temps avant la guerre. Il avait un fils de trois ans bientôt et une fille de vingt mois.

Ils habitaient un petit logement coquet, propre et ensoleillé, qui donnait sur le cimetière Montparnasse, rue Froidevaux. Le dimanche, ils aimaient à y recevoir Vendresse à déjeuner.
230 Devant la fenêtre, il y avait comme une petite terrasse couverte de zinc avec un garde-fou en fer. Vendresse et Dacosta, par beau temps, y prenaient le café. Ils étaient d'accord pour trouver qu'un cimetière, ce n'est pas triste.

Un dimanche vers onze heures, Vendresse se rasait avant de
235 partir, on sonna chez lui. C'était Paars. Oh ! que Vendresse ne se dérange pas, qu'il finisse sa barbe : visite en passant seulement, rien que pour bavarder.

Paars cala ses grosses fesses dans le petit fauteuil de cuir, dont le crin s'échappait un peu d'un côté. Il ne semblait pas très bien

---

1. Imaginaire (Vendresse fouille dans ses poches à la recherche de sa pipe chaque fois qu'il est gêné, mal à l'aise).

240 savoir où mettre ses gros bras. Ses bajoues couperosées débordaient le petit col empesé qu'ornait coquettement un nœud papillon. Il avait des yeux un peu bizarres, mal plantés dans les paupières, comme ceux d'une limande.

— Alors, dit-il en riant, toujours enjuivé ?

245 Vendresse émit, sous la mousse du savon, quelque chose qui pouvait être un grognement ou un rire.

— Tu as vu, le Maréchal, poursuivit Paars, hein, qu'est-ce que je te disais ? Tu les as vues, les lois de Vichy ?

— Pétain ne fait pas ce qu'il veut, dit Vendresse. Il paraît qu'il

250 a dit qu'il ne les approuvait pas, ces lois.

— Des clous[1], dit Paars. Regarde ça : tu reconnais ?

Il tendait sa boutonnière. Vendresse reconnut la francisque[2].

— N'a pas ça qui veut, dit Paars.

— Tu es dans les huiles[3] ? dit Vendresse.

255 — Un peu que j'y suis. Je suis à la répartition du cuivre. C'est Grandet qui m'a mis là. Tu le connais ? Non ? Tu aurais pu : c'était un bonnet[4] dans les Vieux de Verdun et aussi dans la ligue à Deloncle, tu sais (il rit), la synarchie[5], la Cagoule[6], comme ils disent... Il a parlé de moi au Maréchal. Il faut dire que je connais

260 bien la situation dans l'imprimerie, du point de vue politique,

---

1. Expression qui signifie le doute. Équivaut à « Tu parles ! ».
2. Emblème du gouvernement de Vichy, représentant une hache de guerre.
3. Les personnages importants.
4. Un personnage puissant.
5. Régime politique dans lequel le pouvoir est exercé par plusieurs personnes, ou plusieurs groupes de personnes.
6. C'est ainsi que l'on appelait le Comité secret d'action révolutionnaire, groupe d'extrême droite actif en France entre 1935 et 1940.

s'entend. Et puis Grandet fait sur le cuivre des opérations d'envergure et je peux lui prêter la main. Bref, ton Maréchal, je l'ai vu. Grandet lui avait dit que j'avais des idées, concernant la décentralisation des grosses affaires dans la profession... Je lui ai
265 parlé des Juifs, tu vois, alors... J'ai dit : « Il faut les briser. » Il a dit : « Vous êtes juge de ce qu'il faut faire dans votre partie. » J'ai dit : « Le bruit court, monsieur le Maréchal, que vous les protégez un peu, à cause de ceux qui sont anciens combattants. » Il a souri, comme il fait, tu sais : avec un œil qui cligne un peu. Et il a dit :
270 « Je dois ménager la sensibilité publique. Tout le monde en France ne pense pas de la même façon. Je ne peux pas dire sans restriction ce que je pense. C'est une position difficile que la mienne. » Il m'a mis la main sur l'épaule, oui, mon cher. Comme à un vieil ami. Et il a dit : « Agissez toujours pour le bien du Pays.
275 Et vous m'aurez toujours derrière vous. » Ainsi tu vois. Donc, si tu avais des scrupules...

— Mais, mon vieux, dit Vendresse, moi je trouve que ça ne veut rien dire du tout ! Et même on pourrait croire... on pourrait prétendre... Enfin il t'a encouragé sans t'encourager tout en
280 t'encourageant. Ce n'est pas net, ça.

— Eh bien, qu'est-ce qu'il te faut !

— Il m'en faut plus que ça, oui. Ça veut dire tout ce qu'on veut, ce qu'il t'a dit là.

— En tout cas, dit Paars brusquement et presque avec une
285 certaine violence, il m'a bel et bien dit : « Vous êtes juge dans votre partie. » Donc...

Il accompagna ce dernier mot d'un petit geste de la main, étroit et coupant.

Il sortit deux cigares de son gilet, en offrit un à Vendresse. Tandis qu'ils l'allumaient, une sorte de sourire bon enfant élargit encore le large visage de Paars.

— Je voulais aussi te parler d'autre chose. Je m'intéresse à un garçon... Un petit de seize ans. Il sort de l'école. C'est le fils d'une... Oh! je t'expliquerai une autre fois. Une petite dactylo de chez moi, du temps que... Enfin, elle a eu ce gosse, je voudrais assurer son avenir. Et j'ai pensé...

Il chassa de l'index un peu de cendre tombée sur son veston. Il gratta l'étoffe avec application.

— J'ai pensé que, d'être chez toi, ce serait exactement ce qu'il lui faut. D'autant plus...

Il offrit à Vendresse son large sourire bon enfant.

— Tu es vieux garçon, tu prendras bien ta retraite un de ces jours. Tu vois comme ça tomberait bien.

Vendresse retira ses lunettes, les essuya, les remit sur son petit bout de nez rose.

— Oui, oui, je comprends bien, dit-il. Seulement...

Il se leva, s'en fut au fond de la pièce quérir[1] un cendrier-réclame, l'apporta sur la table entre eux, y secoua son cigare.

— Tu sais probablement que je ne suis pas seul?

— Sans doute, sans doute, dit Paars.

---

1. Chercher.

Il caressait doucement ses bajoues marbrées de couperose et
de poudre. Il dit :

— Ce Dacosta, c'est un Juif, n'est-ce pas ?

315 — Non, pas du tout, dit Vendresse.

Il parlait calmement. Calé au fond de son fauteuil, il restait
très immobile, tirant de son cigare de lentes bouffées.

— Avec ce nom-là ? C'est drôle, dit Paars, je croyais bien... et
est-ce que... On ne l'a pas expulsé d'Italie, autrefois ?

320 — Oui, il y a longtemps. Mais c'est son affaire. Ici il se tient
tout à fait bien. J'en suis très content.

— Bon, bon, tant pis, dit Paars.

Il tira deux ou trois bouffées sans parler.

— Tant pis, tant pis, répéta-t-il. C'est dommage. Et ça m'em-
325 bête. Le garçon est un peu difficile à caser, il est un peu en
retard pour certaines choses. Et la mère est là qui... Oui, une
petite affaire comme la tienne, c'est exactement ce qui lui
convient. N'en parlons plus. Puisque tu l'aimes, ton Dacosta.

Il écrasa le mégot de son cigare dans le cendrier, et ajouta, en
330 souriant :

— Tu sais ce que tu fais, n'est-ce pas ?

Vendresse sourit aussi, et supporta sans faiblir l'inquiétant
regard des yeux de limande.

Il arriva un peu en retard rue Froidevaux. Il fut peu loquace[1],
335 tandis que madame Dacosta partageait ses soins entre la table

---

1. Bavard.

des grandes personnes et les exigences des bébés. Vendresse la regardait souvent. De tout temps le fin visage aux lèvres timidement souriantes, aux yeux noirs intenses et profonds, toujours un peu humides, avait remué en lui une tendresse pater-
340 nelle. Aujourd'hui il paraissait, ce visage, plus fragile que jamais.

Après le déjeuner, madame Dacosta laissa les deux hommes seuls sur la petite terrasse de zinc. Ils fumèrent en silence. Une légère brume automnale estompait le cimetière d'une mélanco-
345 lie ensoleillée. Dacosta regardait son patron qui regardait la fumée de sa cigarette. Madame Dacosta vint et servit le café. Elle repartit. Ils burent en silence. Dacosta roula une cibiche[1]. Vendresse bourra sa pipe avec application.

– Il y a de beaux salauds sur la Terre, dit-il enfin.
350 – Ça..., dit Dacosta et il n'ajouta rien.

Vendresse alluma sa pipe, tira de nombreuses bouffées pour la faire prendre. Il dit :

– J'en ai vu un ce matin ; il est pommé[2].
– Ah ! dit Dacosta.
355 – D'autant plus salaud..., commença Vendresse, mais il vit que Dacosta le regardait avec un œil qui pouvait paraître un peu rigoleur et il ne termina pas.

Et puis madame Dacosta revint. Elle s'assit près d'eux. La conversation reprit entre eux trois, un peu languissante.

---

1. Cigarette.
2. Achevé, complet.

360 Les jours qui suivirent, Vendresse parla peu. Il tournicotait
beaucoup, faisait des rangements. Le travail s'en ressentit.
Dacosta ne le remarquait pas ou faisait semblant.

Le lundi de la semaine suivante, vers dix heures, Vendresse
brusquement mit son chapeau et s'en fut voir un collègue, rue
365 d'Alésia. Ils parlèrent de choses et d'autres, puis Vendresse dit :

– Pourquoi ont-ils arrêté Whemer ?

– Oh ! dit l'autre, vous vous en doutez bien.

Vendresse rougit.

– Oui, oui, sans doute… Dites tout de même.

370 Il n'aimait pas ce Whemer. C'était un petit représentant en
papier, spécialités pour faire-part. Sans âge. Un peu crasseux.

– Il ne portait pas l'étoile[1]. Il avait gratté sa carte[2].

– Ce sont les Fritz qui l'ont pigé[3] ? dit Vendresse.

– Pensez-vous.

375 – Les Français ?

– Bien sûr. Faut dire qu'il avait une bonne clientèle. Elle n'est
pas perdue pour tout le monde. Ça se comprend, que voulez-
vous. Ils grouillaient comme des mouches, tous ces Pollacks[4]. Je
sais que vous ne les aimez guère, vous non plus.

380 – Non, dit Vendresse. Mais ça ne fait rien, c'est moche tout
de même.

---

1. L'étoile jaune que la loi oblige les juifs à porter.
2. À l'époque, les cartes d'identité mentionnaient la religion des individus. La carte d'identité de
Whemer portait la mention « *israélite* » – ce qui obligeait son propriétaire à porter l'étoile jaune.
3. Pris, attrapé.
4. Polonais.

Il revint passage d'Enfer. Il s'arrêta une fois de plus boulevard Raspail, devant l'affiche rouge bordée de noir[1] qu'il connaissait bien, la sinistre affiche où figuraient les noms de dix commu-
385　nistes et autant de Juifs, fusillés comme otages.

Dacosta était à sa casse[2], il composait un carton de publicité et boudait un peu, parce qu'il s'agissait d'une manifestation, au profit des prisonniers, sous l'égide[3] du Maréchal. (Ils s'étaient disputés le matin à ce sujet.) Vendresse enleva lentement son
390　chapeau, son pardessus, et vint vers lui les mains dans les poches, en se balançant sur ses petites jambes. Il toussa.

– Dis donc...

Dacosta leva les yeux, regarda le bon visage rondouillard où le trouble et l'incertitude s'inscrivaient de façon attendrissante.
395　Il sourit et dit :

– Alors ça y est ? Il faut que je les mette[4] ?

Vendresse en eut le souffle coupé. Il ouvrit la bouche, leva une main, ne dit rien. Dacosta reprit tranquillement son travail.

– Si tu crois, dit-il, que je n'ai pas deviné ce qui se mijote...
400　Et est-ce que je ne savais pas, depuis le premier jour, qu'on en viendrait là ? C'est toi, avec ton Pétain...

---

1. Affiche apposée par les Allemands représentant les portraits de dix résistants du groupe Manouchian (groupe des F.T.P./M.O.I. : Francs-tireurs et partisans/Main-d'œuvre immigrée), qui comprenait des étrangers. Ils furent fusillés le 21 février 1944.
2. Grande boîte divisée en petits compartiments, dans lesquels sont rangés les caractères d'imprimerie.
3. Sous l'autorité.
4. Sous-entendu : les voiles. Dacosta demande à Vendresse s'il faut qu'il parte.

BIEN LIRE

L. 396 : En quoi cette phrase est-elle dramatique ?

— Laisse Pétain tranquille, dit Vendresse. Il n'y est pour rien.
Ce n'est pas sa faute si des salauds...

— On ne va pas se disputer une fois de plus pour ce vieux
crabe, dit Dacosta. Si je comprends bien, l'air est devenu mal-
sain pour moi ici ?

— J'en ai peur. Ce gros porc de Paars est un infâme salaud.
J'ai été con : je t'ai dissuadé de t'inscrire comme Juif, et maintenant...

— Rassure-toi : je ne serais pas dans de meilleurs draps. Nous
y passerons tous, je te dis, plus ou moins tôt. Vaut peut-être
mieux que ça tourne mal pour moi maintenant ; plus tard ç'aurait pu être pire.

— Paars veut ta place pour un minus qu'il a fait à sa dactylo,
qu'il ne se soucie pas de reconnaître et dont il ne sait plus que
faire, parce que personne ne veut d'un déchet. J'ai même bien
compris qu'il entend me racheter la boîte, de gré ou de force, à
un prix doux, quand j'aurai blanchi les cheveux qui me restent
à inculquer le métier à son abruti. Tout ça tourne autour du fait
que je t'ai gardé avec moi, au mépris des lois. Il nous tient.

— Alors qu'est-ce qu'on fait ? On ferme ?

— Non, dit Vendresse. Si je ferme, Paars prendra la boîte. Il
ne l'aura pas, moi vivant. Toi, tu vas filer. Ça marchera ici sans
toi le temps qu'il faudra. Tu laisseras tes affaires, comme si tu
venais de sortir. Mon vieux, je te le dis : la boîte te reviendra, à
toi et à ton fils. Il n'y a pas de Fritz ni de Juif qui tiennent.

Dacosta le prit dans ses bras et l'embrassa. Il dit :

– C'est malheureux quand même...

– Quoi ?

430 – Que tu sois un si brave bougre et que tu t'en laisses si faci-
lement conter.

– Par qui ?

– Par les tartufes. Et d'abord par le tartufe en chef que je ne
nommerai pas pour ne pas abîmer cette belle minute. Parce que
435 c'est une belle minute. Peut-être la dernière belle minute.
Allons, dit-il, je vais tout de même terminer ce carton-là. Après
j'irai faire mes paquets.

Il retourna vers sa casse. Vendresse dit :

– Fais voir ta carte.

440 – Ma carte ?

– Oui : d'identité.

Dacosta la lui tendit. Vendresse la regarda et dit :

– Il t'en faut une autre. Tu auras des ennuis avec celle-là,
même en zone libre.

445 Dacosta attendait. Il y avait sur ses lèvres un sourire tout
prêt, mais il le retenait.

– Ça me dégoûte de faire ça, je déteste ça, dit Vendresse, mais
il faut bien que je t'en fasse une. Oui, ça me dégoûte, ça me
dégoûte. Sans ce salaud de Paars...

450 Il fricotait[1] dans les cassetins[2] pour dénicher les caractères. Il
les comparait avec le modèle. Dacosta avait laissé un sourire

---

1. Fouillait.
2. Petits compartiments de la casse, dans lesquels sont rangés les caractères d'imprimerie.

s'épanouir. Vendresse répétait dans ses dents : « Ça me dégoûte. Devenir faussaire[1], à mon âge. Et dans une France enfin propre. Ça me dégoûte. » Ses doigts grassouillets et agiles
455 manœuvraient le composteur. Dacosta dit :

— Mais le cachet ?

— Nom de Dieu, c'est vrai, le cachet.

— T'en fais pas, dit Dacosta, je sais où le faire mettre.

— Un faux cachet ?
460 — Un faux cachet.

— Mais alors, des fausses cartes...

— Je saurais où en trouver, oui. Mais je serai content, tellement plus content d'en avoir une de ta main.

Il souriait encore. Vendresse devenait rouge, ses doigts hési-
465 taient.

— Tu t'occuperas des gosses ? dit soudain Dacosta.

Il ne souriait plus. Ses yeux étaient sombres.

Les doigts de Vendresse reprirent leur travail.

— Oui. Tu le sais bien. Tu peux partir tranquille.
470 — Tranquille..., dit Dacosta. Ils sont juifs eux aussi, et leur mère aussi. Je me demande...

Vendresse le regarda et dit :

— Oh ! Tout de même !

— Tu t'es déjà trompé une fois, dit Dacosta.
475 Vendresse termina sa ligne en silence. Ses grosses lèvres remuaient. Il dit, il bougonna :

---

1. Personne qui fabrique des fausses cartes d'identité ou des faux billets.

– Trompé, trompé, c'est la déveine d'être tombé sur un salaud comme ce cochon de Paars, voilà tout. Tu travailles du chapeau. Une femme, des enfants ! Tu peux me croire et partir
480 en paix : tant que le Vieux sera là...

– Tant qu'il sera là je ne serai pas en paix, pas du tout. Mais toi tu t'occuperas d'eux ? Tu ne leur laisseras pas arriver malheur ?

– Tu les retrouveras frais et roses, je t'en donne ma parole. Maintenant va-t'en. J'irai te porter ta carte chez toi. Je resterai
485 avec ta femme quand tu seras parti.

Dacosta regardait son patron. Il le regardait. Il passait et repassait un doigt sur sa petite moustache. Un léger tic crispa le coin des lèvres, deux ou trois fois, tandis que la main droite dessinait à la hauteur de la hanche un cercle étroit et souple, où
490 s'inscrivait une sorte de renoncement indécis. Vendresse vit tout cela, et pâlit un peu. Dacosta tout de même parvint à sourire. Vendresse aussi parvint à sourire.

– Bon, dit enfin Dacosta. Ça ira.

Il tourna le dos et sortit.

495 Vendresse s'assit sur le marbre, les jambes pendantes, le menton dans les mains.

II

Comment s'était-il douté qu'il trouverait secours auprès de moi? Je n'en sais rien. Peut-être parce que naguère je prenais toujours le parti de Dacosta, contre lui. En tout cas, c'est chez moi qu'il sonna ce matin-là. Ses yeux!

5   Vendresse a les yeux bleus; des yeux bleus candides. Ce matin-là ils étaient noirs. Je ne peux pas expliquer ça. En les regardant bien ils étaient bleus comme toujours; mais on les aurait crus noirs.

Il dit, comme ça, tout de go :

10 — Je veux imprimer des tracts.

Il s'assit et souffla, et commença de se pétrir les genoux.

— Eh bien, dis-je, voilà du nouveau.

Il dit, avec une drôle de voix :

— Oui, voilà du nouveau.

15 Je voulais me donner le temps de réfléchir. Je dis :

— Eh bien, c'est du propre! Un vieux fidèle comme vous? Un Pétain-sauvez-la-France, un Maréchal-nous-voilà, un Suivons-le-Chef, un la-France-aux-Français comme vous? Ai-je vraiment compris, ou bien les oreilles m'ont-elles corné?

20 Il ne dit rien. Il restait là tout tranquille, immobile, un peu

BIEN LIRE — L. 10 : À quoi servent les « tracts » imprimés dans la clandestinité en temps de guerre ?

inquiétant, à me regarder. Ses yeux étaient noirs. Je pris mon parti.

– Des tracts, dis-je. Bon. Ça peut se faire. Vous savez ce que vous risquez ?

25 Il dit : « Oui. »

– Oh ! précisai-je, pas seulement d'être fusillé. Mais, par exemple, de passer à la question[1], pour donner mon nom, ou d'autres.

Il hésita un peu et dit :

30 – Qu'est-ce qu'on vous fait ?

Je me renversai dans mon fauteuil, croisant nonchalamment mes mains et mes genoux. Je dis :

– Eh bien, par exemple, on vous pique avec des petits bouts de bois enflammés, sous les ongles. Ou bien on vous écra-
35 bouille lentement la main, dans une presse. Ou toute autre chose de ce genre. Ou bien encore on vous interroge deux, trois jours, sans répit, sans repos, sous un projecteur aveuglant. Ou bien...

Il coupa : « Bon », et parut méditer.

40 Il dit : « Je suis plutôt douillet, pas très courageux. Tout de même, je crois... » Il regarda au-dessus de la porte, comme s'il y cherchait quelque objet. Il dit : « Évidemment le projecteur... Dans les yeux trois jours durant... » Il fit un drôle de bruit, avec ses grosses lèvres. « On doit devenir quasiment aveugle, hein ? »
45 Je dis : « Ma foi, quasiment. – Et quelle migraine, nom de

---

1. Être torturé.

Dieu!» Je me rappelai qu'il était sujet aux maux de tête, et compris pourquoi l'idée des projecteurs le tourmentait (c'était un mal qu'il connaissait). Je me rappelai alors qu'il était frileux et je dis : « On vous plonge aussi dans l'eau glacée, plusieurs fois
50 de suite, pendant des heures. » Il dit lentement : « Dans l'eau glacée... » Il hochait la tête un peu, l'œil dans le vague. Il me regarda et dit sérieusement : « Bon, bon, bon... » Je dis douce-ment : « Ça ira ? » Ses yeux me parurent bleus. Il dit : « Ça ira. » Je me levai. Je le regardai.
55   – Qu'est-ce qui s'est passé ?

Il sauta. Comme si je l'eusse frappé au visage. Il devint rouge, puis pâle. Il me regardait avec cet air étonné qu'ont les gens, dit-on, avant de s'écrouler, une balle dans le cœur. Enfin il dit sourdement, les yeux au sol :
60   – Ils les ont emmenés. Les petits et elle.

    – De Dacosta ?

Il fit « oui » de la tête et leva les yeux sur moi.

    – De Dacosta. La femme et les enfants de Dacosta. Les petits d'un côté, la mère de l'autre. Elle voulait se jeter par la fenêtre.
65 On l'a empêchée. Moi...

Il se pétrissait les genoux. Ses yeux s'accrochèrent aux miens. Ils me parurent noirs comme l'encre.

    – Couillon. Misérable couillon. J'ai cru dans tous ces ban-dits. Dac m'avait prévenu. Il m'avait prévenu, il m'avait pré-
70 venu. J'aurais pu... j'aurais dû... j'aurais...

Il se leva, se mit à arpenter la pièce. Dans la lumière je vis

qu'il n'était pas rasé – incroyable de sa part. Il se massait un côté du cou, lentement et pesamment, à le faire rougir. Des larmes coulaient une à une le long du nez, allaient se perdre
75 dans la grosse moustache. C'était comique et pathétique.

– Je les aurais fait déménager, ou coucher chez moi, ou n'importe quoi. Mais je n'y croyais pas. Nom de Dieu de nom de Dieu, comment croire...

Il se tourna brusquement vers moi.

80 – Vous savez ce qu'il m'a répondu ?

– Qui ?

Il leva les sourcils et dit : « Ah ! oui... »

Il reprit sa marche, s'arrêta devant le miroir, se regarda, regarda sa bonne bouille en larmes, et se mit à rire. C'était assez
85 atroce.

– Ils sont venus chez moi d'abord, avant-hier… non, il y a trois jours. Quel pastis![1] Mon plomb partout, tout ça piétiné. Pour chercher quoi ? Le plaisir de détruire, c'est tout.

– Qui ? Les vert-de-gris[2] ?

90 – Pensez-vous !... Ils me disaient : « Allons, vous, un Vieux de Verdun ! », c'étaient des blancs-becs, j'ai dit : « Qu'est-ce que vous avez à faire avec Verdun ? » Ils se sont fâchés : « Nous servons le Maréchal ! » J'ai dit : « Moi aussi. » Ils ont dit : « On ne dirait pas ! Où est-il, ce Juif ? Il n'est pas loin puisque ses affaires
95 sont là. » J'ai dit : « Cherchez-le. » Le plus jeune a dit, – un

---

1. Quel ennui ! Quel désagrément !
2. Soldats allemands.

petit boutonneux, avec des cheveux en brosse : « On s'en fout,
d'ailleurs. Si on ne le trouve pas, on emmènera la femme et les
mioches. » J'ai rigolé. J'ai dit : « Essayez. »

Il s'arrêta et me regarda. Son petit bout de nez, sous les
lunettes, était rouge.

– J'ai dit : « Essayez », répéta-t-il et il me regardait. Et je rigo-
lais, dit-il violemment (et j'entendis ses dents grincer).
Parce que je connais bien Tournier, le secrétaire des Vieux de
Verdun. (Il s'interrompit et répéta :) Je connais bien Tournier
(sourdement, et, en ricanant, il fit deux petits « ha ! ha ! » secs,
rapides, entre le rire et la colère). (Il hochait la tête. Il dit :) J'ai
fait un saut là-bas, tout de suite. Avec le dossier de Dac, –
Verdun et le reste. J'ai débité toute l'histoire et j'ai dit : « Tout
de même, hein ? un poilu comme lui, ce serait fort de café[1]. Pas
de danger, j'espère ? » Il a dit en souriant : « Non, non, nous
allons arranger ça. » Le lendemain, en effet, rien. Mais hier...

Il s'arrêta. Je voyais son dos. Un brave large dos bonasse[2] et un
peu voûté. Je ne voyais pas ses mains mais au mouvement des
bras on devinait qu'il les serrait et les desserrait. Il leva la tête avec
un mouvement de cheval (sa nuque grasse et rose fit un bourre-
let) et je l'entendis renifler. Il laissa retomber sa tête et s'appuya
au bureau. Il me tournait toujours le dos. Il martelait le bureau
de son petit poing qu'il avait du mal à fermer, d'un mouvement
répété de rage contenue, – de sanglots contenus.

---

1. Un peu fort.
2. Brave et un peu mou.

120   – C'est la vieille boulangère..., commença-t-il, mais sa voix s'étrangla et il dut se moucher (nous sommes de drôles d'animaux : il était si comique à souffler de son petit bout de nez rouge que j'eus du mal, oui, à m'empêcher de sourire. Et pourtant j'avais le cœur serré). Elle tambourinait à ma porte, conti-
125 nua-t-il. À sept heures du matin, vous pensez ! Elle répétait : "Monsieur Vendresse ! Monsieur Vendresse ! Ils les emmènent !" J'ai crié : "Qui ?" Mais elle n'a pas eu besoin de répondre : j'ai sauté de mon lit. Il faisait presque nuit. Il fallait bien pourtant que je m'habille ! dit-il comme s'il eût craint que je le lui repro-
130 chasse. (Ses yeux allaient de droite et de gauche, ils s'arrêtèrent sur une petite toile de Souverbie[1], – trois femmes à l'antique, trois femmes endormies, – et un tel calme émane des lignes très pures qu'il en rejoint l'éternel, qu'il apparaît reposant comme la mort. Vendresse regardait la toile, – sans probablement la voir,
135 – ses lèvres tremblaient sous la moustache roussie. On eût dit qu'il hésitait si cette sérénité par-delà l'espace et le temps était pour son cœur tourmenté baume[2] ou souffrance.)

     « Je suis arrivé trop tard, naturellement, dit-il. Les petits étaient déjà embarqués, emmenés Dieu sait où. La mère... (Il
140 émit un toussement bizarre, qui me fit mal : petit éclat de rire plein de sanglots et de cris retenus.) Elle hurlait, on la frappait dans la figure pour la faire taire. J'ai couru, j'ai crié, mais... (il leva le menton pour me montrer une meurtrissure auréolée de

---

1. Jean Souverbie. Artiste peintre (1891-1981).
2. Réconfort, apaisement.

bleu et de brun) ... je me suis réveillé au bord du trottoir. Les
145 voitures étaient parties. Le petit brun boutonneux me regardait
en rigolant. Il a dit : "Vous voyez, on a essayé" ; il a dit encore
quelque chose en allemand, et les deux Fritz avec lui ont rigolé
aussi. Ils m'ont laissé là. Les gens m'ont aidé à me relever, ils
m'ont conduit au pharmacien. Ils ne disaient rien. Personne ne
150 disait rien.

Il parut tout à coup si fatigué qu'il dut s'asseoir. Il s'assit tout
au bord d'un de mes fauteuils profonds, comme s'il n'eût pu
accepter un vrai repos.

– Naturellement j'ai couru aux Vieux de Verdun.
155 Naturellement personne. Naturellement pas de Tournier. « En
voyage. On vous préviendra. » J'ai dit : « Je veux voir le
Président. » On m'a regardé avec des yeux ronds : « Le
Président ? » J'ai dit, j'ai crié : « Oui, le Président, le Président ! »
J'avais oublié qui c'était, le Président, sans blague : j'avais oublié
160 que c'était le Vieux. Et puis je me suis rappelé. J'ai continué à
crier, j'ai dit que je voulais voir n'importe qui, quelqu'un de responsable. On m'a mis dans une pièce. On m'a fait attendre une
demi-heure, une heure, je ne sais pas. J'aurais tout cassé. Enfin
un type est venu, il avait l'air embêté, cérémonieux et embêté.
165 J'ai sorti mon dossier, je crois que je bredouillais, il a dit : « Oui,

BIEN LIRE

**L. 120-150 : Qui avertit Vendresse de l'arrestation de Mme Dacosta
et de ses enfants ? Qui raconte cet événement au narrateur ?**

je sais, monsieur Tournier m'a dit. » Il a levé les mains d'un air désolé. « Il n'y a rien à faire. » Je suis reparti à crier, il faisait : « Chut... chut... » et enfin il m'a sorti son papier. J'ai mis du temps à comprendre. Le type m'expliquait, mais je n'arrivais pas
170 à comprendre. « Vous voyez, nous ne pouvons pas nous en occuper », disait-il. Son doigt soulignait une phrase, toujours la même, mais les mots ne m'entraient pas dans l'esprit : *En conformité avec les termes de la susdite loi, les membres de l'Amicale appartenant à la race juive seront radiés de plein droit. En consé-*
175 *quence, ils ne pourront plus : 1° invoquer...* Enfin j'ai compris et j'ai tourné la feuille, pour voir la signature. La signature du Président. Elle y était, la signature. Elle y était. (Il cria :) Elle y était ! (Et d'une voix soudainement morne :) Voilà. (Il répéta :) Voilà. Voilà. (Il leva vers moi un pauvre visage à la bouche tor-
180 due et, me regardant comme si j'avais été Pétain lui-même, me cria dans la figure, une dernière fois :) Voilà ! (Et puis ses épaules retombèrent, ses poings s'enfoncèrent dans ses yeux, et je m'en allai à la fenêtre pour le laisser pleurer tout son soûl[1].)

J'étais très embêté. Au diable la prudence ! Mais si je m'en
185 suis tiré et si personne n'a été arrêté autour de moi, c'est assurément grâce à cette prudence obstinée. C'était embêtant mais il fallait bien le lui dire. J'attendis qu'il se fût suffisamment mouché et séché les yeux et je dis :

— Mon pauvre vieux, je suis désolé, mais ça n'ira pas.

---

1. Autant qu'il le voulait.

190   Il dit :
— Quoi ?
Je dis :
— Les tracts. Il est impossible que vous imprimiez des tracts.
Vous comprenez bien que vous êtes brûlé. On va vous chercher
195 toutes les histoires. Ce serait dangereux pour vous, pour moi,
pour nous tous.

Il me regarda un moment et se leva. Il avait une drôle d'expression, c'était la première fois que je la lui voyais. Ma foi, je
ne reconnaissais pas mon Vendresse. Il dit calmement :

200   — Bon. Ça va, j'ai compris. J'irai ailleurs. J'irai voir les amis
de Dac.

Cette fois je ne pus m'empêcher de sourire.

— Les amis de Dac, Vendresse ? Chez ces bolcheviks ?

Il ne sourit pas, ne rit pas, il dit :

205   — Oui, chez ces bolcheviks. J'irai voir Coninck.

Je cessai de sourire, je dis vivement : « Non ! »

— Pourquoi ? dit-il.

Il était sur le pas de la porte.

— Revenez, dis-je. Vous ne pouvez pas aller voir Coninck, ni
210 aucun des autres. Coninck est coffré[1].

Il y eut un silence. Il dit lentement :

— Coninck est coffré ?

— Oui, dis-je. Il y a longtemps. Trois mois, ou davantage.

— Trois mois... mais Dacosta...

---

1. Emprisonné.

215 — Naturellement, dis-je doucement, il ne vous l'a pas dit. Il ne pouvait pas vous le dire, à vous, à cette époque-là.

Son visage s'allongea. Il eut l'air incroyablement malheureux. « Ah ! pensai-je, tant pis. On trouvera bien un moyen, un truc, quelque chose. »

220 — Écoutez, dis-je tout haut, ne vous tracassez pas. Je ne vous laisserai pas tomber. Rentrez chez vous, et attendez. Je vous enverrai quelqu'un. Je vous le promets. Mais ne faites pas de bêtises.

« C'est vrai, me dis-je encore (comme une excuse). Il vaut
225 mieux que je le garde sous ma coupe. »

La nécessité et les circonstances vous donnent des idées. Je trouvai bientôt « le truc » qui pouvait convenir à Vendresse, sans trop de risques : les faire-part de deuil. J'en parlai aux amis et nous nous amusâmes énormément à cette idée, à laquelle au
230 surplus nous trouvions toutes sortes d'avantages : la certitude que ces tracts seraient bien distribués (comment le contrôle postal pourrait-il vérifier chacun des faire-part qui chaque jour sont postés par dizaines de mille ?) ; la possibilité pour Vendresse de les imprimer chez lui en toute tranquillité au
235 cours des premiers mois, pendant lesquels ils seraient stockés (ils ne seraient mis en circulation que plus tard). Nous prépa-râmes trente modèles différents : il y avait toujours le nom en grands caractères et, dessous, en petit, toute la sauce... Nous nous divertîmes prodigieusement à ce travail. Pendant ces trois

240 mois, comme je l'avais craint, on perquisitionna deux fois chez Vendresse. On ne trouva rien. Et pourtant il y avait plusieurs paquets de faire-part, des vrais et des faux. Mais personne n'eut l'étrange idée de les lire.

Les trois mois terminés, et les trente modèles tirés chacun à 245 maintes dizaines de mille, j'intimai à Vendresse de se tenir coi[1], pendant les semaines où nous les distribuerions. Je lui promis un autre travail aussitôt après. J'étais tout à fait tranquille.

Labiche, mon petit agent de liaison, venait chaque jour me rendre compte des événements, dans le cadre du groupe et aussi 250 de ses tenants et aboutissants. Un beau jour, au milieu de son rapport, il dit : « Ah ! Vendresse. » Je dis : « Eh bien ? » Il dit : « Il est en taule. »

Mon cœur se serra. Je pensai aussitôt à Paars.

– Dénonciation ? demandai-je.

255 – Plus que probable, dit Labiche, mais aussi je crois qu'il a fait le con. Il faisait parler ceux qui venaient prendre les paquets chez lui, ils me l'ont dit. Il s'est mis en rapport avec Dieu sait quel groupe. On a perquisitionné avant-hier : Gestapo[2]... Quel con, c'était la troisième fois pourtant, il aurait dû se méfier... La 260 boîte était pleine de tracts.

– Pas des nôtres ? m'écriai-je stupéfait.

– Non, pas des nôtres.

Nous réussîmes à le tracer, bien qu'il eût changé trois fois de

---

1. Muet, tranquille.
2. Police allemande nazie.

265 prison. Naturellement, je dus quitter mon domicile : je me
méfiais du projecteur et des bains froids.

Mais il ne dit rien. Nous sûmes pourtant qu'on l'avait torturé. Il réussit à faire passer un mot :

Rassurez le Sage (c'était moi). *Ils ne m'ont pas eu. Le projecteur*
270 *doit être une blague : pas entendu parler. Les bains : heureusement,*
je tombe tout de suite dans les pommes. Ils m'ont écrabouillé les
doigts de pied : en ce moment mes ongles tombent.

Pendant sept mois, il resta encore à Fresnes. Et puis,
l'Allemagne.

275 On a eu de ses nouvelles encore à deux reprises, en 44 et en
45. Enfin, en avril, ses camarades l'ont aperçu une dernière
fois : en colonne, on évacuait le camp. Maigre à faire peur. Il
marchait difficilement.

Depuis, plus rien. Son corps pitoyable doit reposer quelque
280 part, dans un fossé, au bord d'une route d'Allemagne.

La petite madame Dacosta a été gazée à Auschwitz. Des
enfants, nulle nouvelle. Ils sont certainement morts.

Je ne sais rien du père. Il aurait, dit-on, été chopé[1] devant
Cassino. Je m'effraie énormément à l'idée de le revoir.
285 Quelquefois il m'arrive de souhaiter qu'il ne revienne pas. Je
suis très lâche pour certaines choses.

L'imprimerie de Vendresse a été reprise, après l'arrestation,
par un vieux typo en retraite, pourri d'alcool. Il travaille avec
un apprenti étrange, un adolescent à la tête trop grosse, sauvage

---

1. Attrapé.

et silencieux, sujet à de brusques colères qui impressionnent le voisinage.

Paars, après la Libération, a été arrêté trois jours. Mais des gens très bien se sont portés garants de ses sentiments. Depuis fin 43, il versait des sommes importantes à certaines organisations. De plus, il est très au courant de toutes les questions concernant le cuivre électrolytique. Il serait, dit-on, difficile de se passer de lui. C'est un gros bonnet dans l'Office de répartition. Il y fait la pluie et le beau temps.

Août 1945.

Après-texte

POUR COMPRENDRE

Étape 1	Désespoir est mort	164
Étape 2	*Un monologue dans le silence*	166
Étape 3	*Les illusions perdues d'un officier nazi*	168
Étape 4	Ce jour-là	170
Étape 5	Le Songe	172
Étape 6	L'Impuissance	174
Étape 7	Le Cheval et la Mort	176
Étape 8	L'Imprimerie de Verdun	178

GROUPEMENTS DE TEXTES

I) Collaborateurs et résistants	181
II) Points de vue sur l'holocauste	189

INFORMATION/DOCUMENTATION

Bibliographie, filmographie, sites Internet	197

Lire

1 Qui est le « je » des premières lignes ? Quel est son rôle dans l'action ? sa fonction dans le récit ?

2 Par une lecture attentive de la page 11, dites combien de temps sépare le « aujourd'hui » des lignes 14, 63, 87, 247 du séjour des officiers dans le village. Que s'est-il passé entre ces deux époques ?

3 Caractérisez le quotidien des soldats : leurs activités, leurs sentiments. Expliquez l'expression « ces quinze horribles jours » (l. 155).

4 Qui est désigné par le pronom « on » aux lignes 116, 121, 161 ? Classez et commentez ces différents emplois.

5 L. 87-100 : Relevez le vocabulaire de l'ennui et du désespoir. Associez l'état mental des officiers au mot « armistice » de la ligne 92.

6 Dressez la liste des principaux personnages. Selon quel point de vue sont-ils évoqués ? Précisez leur nom, leur caractère et leurs relations.

7 Par quel indice de temps est annoncé l'épisode des « canetons » ? Résumez cet événement. Que symbolise-t-il pour ces hommes désespérés ?

8 Expliquez les termes « ce pire » et « ce meilleur » (l. 257-258). Quel effet produit leur opposition à la fin de cette « préface » ? Faites-le lien avec le titre *Désespoir est mort*.

9 De quelles expressions résulte la poésie des dernières phrases (l. 260-264) ? Quelles figures de style sont utilisées ?

Écrire

10 Rédigez, au présent et à la première personne, une page du journal intime du Capitaine Despérados avant l'épisode des « canetons », puis après.

11 Évoquez une situation de découragement et d'ennui que vous avez personnellement connue, en précisant comment vous en êtes sorti(e) : votre récit sera entrecoupé d'analyses.

12 Quelles réflexions vous inspire le désespoir des officiers réduits à l'inaction ? Développez vos idées en les justifiant à l'aide de tournures exprimant la cause (« parce que », « en effet »...), la conséquence (« si bien que », « donc »...), l'hypothèse (« si », « à condition que »...).

13 Par opposition au vocabulaire dominant du désespoir et de l'ennui (*cf.* question 5), établissez un champ lexical de l'espoir.

Chercher

14 Reportez-vous à la définition du terme *préface* dans l'encadré « À savoir » et, à la lumière de votre analyse du texte, expliquez le titre « En guise de préface » adopté par l'auteur.

15 En quoi une préface se distingue-t-elle d'un incipit ? Aidez-vous de la rubrique « À savoir ». À votre avis, le texte *Désespoir est mort* est-il une préface ou l'incipit de la nouvelle qui suit ?

16 En vous aidant de l'article « Seconde Guerre mondiale » d'une encyclopédie, ou en interrogeant un des sites Internet figurant page 198, retracez les événements principaux des années 1939-40 en France. Vous vous attarderez sur la « débâcle » et l'« armistice » mentionnés dans le récit de Vercors.

POUR COMPRENDRE

À SAVOIR

PRÉFACE ET INCIPIT

Le nom « préface » vient du latin *praefatio*, de *praefari* : « dire d'avance ». C'est une sorte d'introduction qu'un auteur place avant son livre, pour présenter ses intentions. Certaines préfaces sont argumentatives : elles ont une valeur de manifeste ; l'auteur y affirme avec passion et détermination sa théorie de l'art. *Ex.* : la préface de *Cromwell*, manifeste anti-classique à la gloire d'un nouveau genre théâtral : le drame romantique (Victor Hugo, 1827).

Le nom « incipit » vient du verbe latin *incipire* qui signifie « commencer ». Par ce terme on désigne le début d'un livre.
Dans le genre narratif (roman ou nouvelle), on distingue essentiellement :
– L'incipit dynamique (aussi appelé « *in media res* ») : il plonge le lecteur dans une histoire déjà commencée.
– L'incipit statique : il présente le décor sous une forme descriptive et met le lecteur en attente de l'action.
– L'incipit progressif : il donne quelques informations qui se complètent à mesure que l'action se développe.
– L'incipit suspensif : il retarde l'action par une approche indirecte de l'histoire.

UN MONOLOGUE DANS LE SILENCE

POUR COMPRENDRE

Lire

1 La dédicace inscrit-elle le récit dans un registre dramatique, lyrique, pathétique ? Justifiez votre réponse en comparant ces trois registres.

2 Relevez le vocabulaire militaire, page 25. Quel thème met-il en place ? Analysez l'effet produit.

3 Qui est respectivement désigné par les pronoms « il », « ils » et « je » dans le premier paragraphe ? Qui est le narrateur ?

4 Relevez les éléments descriptifs brossant le portrait de Werner von Ebrennac : selon quel point de vue est-il présenté ? Caractérisez ce personnage.

5 Relevez les principaux indices temporels permettant de cerner la durée du séjour de l'officier : combien de temps passe entre le jour de son arrivée et son départ pour Paris ?

6 Que signifie le silence opposé à l'officier ? Comment interprétez-vous la patience du jeune homme ?

7 Analysez le monologue de Werner : quels sujets aborde-t-il ? que révèle-t-il ainsi de son passé, de sa personnalité, de ses idées ?

8 Caractérisez la voix de Werner en citant des mots et expressions révélateurs. Pourquoi le narrateur juge-t-il bon de donner ces détails au lecteur ?

9 Analysez le rituel de chaque journée : quels événements se répètent ? Quel climat crée cette répétition quotidienne des gestes et des mots ?

Quels menus événements rompent le rituel ? Peut-on parler de « péripéties » ? Justifiez votre réponse en définissant ce terme.

10 En citant quelques expressions significatives, précisez l'attitude des trois personnages : percevez-vous une évolution ? Justifiez votre réponse.

11 La narration obéit à un rythme savamment orchestré. En vous appuyant sur les définitions données dans la rubrique « À savoir », repérez les ellipses temporelles, les résumés, les scènes et les pauses : quels sont les principaux temps forts du récit ?

Écrire

12 Werner von Ebrennac correspond-il au personnage type de l'officier allemand nazi, tel qu'il est traditionnellement présenté dans la littérature et au cinéma ? Argumentez votre point de vue en faisant référence à la fois au texte, à des films que vous avez vus ou à des livres que vous avez lus (reportez-vous à la bibliographie et la filmographie données page 197).

13 Des années plus tard, l'officier allemand revient en France. Il retrouve la maison de ses hôtes. L'oncle est mort mais sa nièce est toujours là. Racontez la scène sur un registre à la fois dramatique et poétique.

14 Aimez-vous le silence ? Quelles peuvent être ses différentes significations ? Analysez cette notion dans un développement où vos idées s'appuieront sur des exemples concrets.

Chercher

15 Pages 50-51 (l. 17-22), l'officier allemand cite *Macbeth* : quel est le thème de cette tragédie de Shakespeare ? Expliquez la citation du texte dans le cadre du récit.

DIALOGUE ET MONOLOGUE

Un dialogue est un échange de paroles au discours (style) direct entre deux ou plusieurs personnages.

Un monologue est une parole individuelle qui ne s'inscrit pas dans un échange. Au théâtre, le monologue présente un personnage en scène qui se parle à lui-même, interpelle des absents, exprime des émotions. Cette technique est utilisée pour informer les spectateurs sur les pensées et les intentions d'un personnage.

Dans *Le Silence de la mer*, l'officier, forcé au monologue par le silence des deux Français, continue à s'exprimer (*cf.* p. 40, l. 75-77).

Le monologue a ici une force dramatique particulière dans la mesure où il tente, sur un mode non violent, de vaincre le silence.

LE RYTHME DE LA NARRATION

Quand un écrivain raconte une histoire, il peut, en utilisant certaines techniques, accélérer ou ralentir le rythme de la narration sans se soucier de la durée des événements en temps réel.

– L'ellipse consiste à passer sous silence des périodes plus ou moins longues.

– Le résumé résume brièvement toute une période.

– La scène s'attarde longuement sur un événement qu'elle présente en détail.

– La pause met l'action en suspens par une description ou un dialogue.

LE SILENCE DE LA MER

LES ILLUSIONS PERDUES D'UN OFFICIER NAZI

Lire

1 Que laisse présager la citation d'*Othello*, page 53, sur la suite du récit ?

2 Relevez les termes qui révèlent le trouble de l'oncle et de sa nièce au retour de Werner. Comment expliquez-vous ce sentiment ?

3 Expliquez le silence de Werner à la Kommandantur (l. 15-32). Que devine-t-on de ses pensées et de ses émotions, à travers son attitude ? Appuyez-vous sur les éléments descriptifs.

4 Que signifie le malaise entre l'oncle et sa nièce après la rencontre à la Kommandantur ?

5 Quelles anomalies le narrateur relève-t-il au retour de Werner (pp. 57-58, l. 47-86) ? Relevez les constructions et les termes révélant le caractère inhabituel des événements et l'effet produit sur les deux hôtes. Commentez notamment les constructions interrogatives des lignes 82 à 86.

6 Quel est « ce drame intime soudain dévoilé » (p. 59, l. 93) dont prend conscience le narrateur ? Que cache en fait l'attitude de la jeune fille ? Citez un terme révélateur dans les lignes 95 à 99.

7 En quoi les deux mots prononcés par l'oncle (l. 99) constituent-ils un coup de théâtre ? Mesurez la force dramatique de ces paroles dans le contexte où elles sont prononcées.

8 À quelle époque appartiennent les réflexions du narrateur énoncées au présent de l'indicatif (p. 59, l. 103-104) ?

9 Définissez le terme « pathétique » (p. 60, l. 120) à la lumière des lignes 105 138.

10 Par quels procédés le narrateur fait-il monter la tension dramatique dans cette dernière partie du récit ? Vous examinerez successivement les indices temporels, les détails significatifs dans la description des gestes et des attitudes, les paroles rapportées, les métaphores et les comparaisons.

11 Quelle est la valeur de la répétition « pas d'espoir » (p. 63, l. 199-202) ? Rapprochez ces lignes du titre de la préface *Désespoir est mort* : quel paradoxe notez-vous ?

12 Qu'a découvert Werner durant son séjour à Paris ? Quelles valeurs défendent les nazis ? Citez un champ lexical révélateur. En quoi cette idéologie s'oppose-t-elle à l'idéalisme de Werner (reportez-vous à la page 52) ?

13 Mesurez l'impact dramatique du mot « adieu » que prononce la jeune fille.

14 Commentez la dernière phrase de la nouvelle.

POUR COMPRENDRE

Écrire

15 L'oncle, puis la nièce racontent la journée qui suit le départ de Werner. Écrivez leur récit.

16 Des années plus tard, Werner raconte à ses enfants son séjour chez les deux Français. Incluez à son récit le portrait de la jeune fille.

Chercher

17 En collaboration avec votre professeur d'histoire ou en consultant les sites Internet présentés page 198, précisez les grandes orientations de l'idéologie nazie. Qui était Hitler ? Quels crimes a-t-il commis ?

18 Avec votre professeur d'histoire ou en consultant Internet, établissez un dossier sur la Résistance en France pendant la Seconde Guerre mondiale : les héros, les réseaux, les lieux, les actions.

19 Avec votre professeur de français, projetez en vidéo le film *Le Silence de la mer* réalisé en 1947 par Jean-Pierre Melville. Comparez le récit écrit au film : découpage du texte en séquences cinématographiques, dialogues, acteurs et personnages, interprétation, rythme du récit...

À SAVOIR

LE REGISTRE DRAMATIQUE

Les textes qui tiennent le lecteur en haleine, qui multiplient les actions spectaculaires, les émotions fortes, les effets de surprise et les coups de théâtre appartiennent au « registre dramatique ».

Certains genres littéraires sont dramatiques par définition : le drame, le roman historique, le roman d'aventures... Mais on peut trouver des pages ou des lignes de registre dramatique dans toute œuvre.

Le Silence de la mer met en scène une situation extrême, des sentiments puissants et contradictoires, dans le cadre historique de la guerre et de l'Occupation. Son registre dominant est dramatique, même si l'on observe parfois des passages de registres poétique (p. 69, l. 323, par exemple), épique (p. 68, l. 313-314) ou tragique (p. 69, l. 325-327).

Lire

1 Par quels termes sont nommés les trois personnages principaux de ce récit ? Quelles connotations sont attachées à ces emplois ? Par quels détails (paroles rapportées, détails descriptifs, gestes) le narrateur suggère-t-il une vie familiale heureuse ?

2 L'incipit de ce récit est un incipit *in media res* (*cf.* « À savoir », p. 165). Quel est l'effet produit ?

3 Isolez quelques passages où le récit se développe du point de vue de l'enfant : quelle vision du monde s'exprime ? Isolez ensuite quelques passages où le récit se développe selon un point de vue omniscient : que révèle alors le narrateur ?

4 Quel est l'effet produit par les changements de points de vue ?

5 Relevez les « on » des pages 73 et 74 : classez-les en fonction de la (ou des) personne(s) qu'ils désignent. Commentez ces emplois.

6 Caractérisez l'environnement géographique par le relevé d'un champ lexical significatif. À quoi s'oppose le décor et quel est l'effet produit par ce contraste ?

7 « D'habitude » (l. 9), « mais cette fois » (l. 13), « mais » (l. 35) : par une lecture attentive du texte, complétez ce début de relevé. Analysez la valeur dramatique de ces termes.

8 Analysez et nommez les émotions successives du père et de l'enfant en citant des expressions caractéristiques.

9 Retracez l'itinéraire géographique du père et de l'enfant. Par quels procédés le narrateur fait-il monter la tension dramatique ? À partir de quel événement le rythme de l'action s'accélère-t-il ? Que se passe-t-il alors ?

10 Expliquez le passage des lignes 130-133 (p. 78) à la lumière de ce qui précède et de ce qui suit : qu'est-il arrivé à la mère ? Par quel procédé d'écriture le narrateur donne-t-il à l'épilogue (la fin) de la nouvelle une force dramatique exceptionnelle ?

Écrire

11 En vous aidant des définitions données page 165, réécrivez l'incipit de ce récit en adoptant une autre technique que vous préciserez.

12 Racontez, sous forme de scène (*cf.* définition donnée page 167), ce qui est arrivé à la mère pendant l'absence du père et du fils. Votre récit, au présent de narration, se développera sur un registre dramatique.

13 Introduisez, dans la nouvelle de Vercors, un portrait du père du point de vue de l'enfant, puis du point de vue omniscient du narrateur (*cf.* ci-dessous « À savoir »). Votre texte devra s'articuler naturellement avec le récit de Vercors.

14 Introduisez une description poétique dans les premières pages de la nouvelle.

15 La nouvelle est un genre court (*cf.* p. 175, « À savoir »). Par quels aspects ce genre est-il particulièrement bien adapté à cette histoire ?

16 Quelles réflexions vous inspire ce texte ? À quels aspects êtes-vous particulièrement sensible (le décor, le thème, la relation entre les personnages, l'expression des émotions...) ?

Vous présenterez votre point de vue en un développement bien argumenté.

Chercher

17 En relation avec votre professeur de géographie, établissez un petit dossier sur la région du Grésivaudan. Vous pourrez aussi vous documenter en faisant une recherche sur Internet à partir du mot *Grésivaudan*.

Vous citerez des passages du récit qui attestent l'authenticité du décor dans la nouvelle.

À SAVOIR

LE POINT DE VUE

Un récit ou une description (portrait, paysage...) peuvent être présentés selon des « points de vue » différents :

– Le point de vue interne : les événements, les personnages, les lieux, les situations sont présentés à partir de la perception qu'en a un des personnages. C'est le cas ici dans certains passages qui donnent à voir la situation à partir du regard et des émotions de l'enfant (*ex.* : « Maman avait mis un pot de géranium à la fenêtre de la cuisine, comme chaque fois que papa sortait. C'était un peu drôle », p. 73, l. 3-5).

– Le point de vue omniscient : le narrateur sait tout des événements et des personnages. Il révèle le sens caché des événements aussi bien que les pensées, les émotions, les habitudes, le passé des personnages (*ex.* : « Le petit garçon mit sa petite main dans celle de son père sans s'étonner », p. 73, l. 1-2).

– Le point de vue externe : le narrateur donne une photographie aussi objective que possible des événements et des personnages.

Ce jour-là alterne essentiellement les points de vue interne et omniscient : technique qui met en valeur l'expression des émotions.

Lire

1 Après avoir lu la nouvelle, isolez l'incipit et repérez les différentes parties du texte : à partir de quels indices de forme (pronoms, temps verbaux, articulateurs) et de contenu réalisez-vous ce découpage ?

2 Clarifiez l'organisation de la nouvelle : selon quel montage est-elle construite ?

3 Relevez les termes et expressions désignant l'étrange compagnon du narrateur (pp. 88-90, l. 83-112). Analysez la technique de description qui fait monter la tension dramatique. À quel type de personnage s'apparente-t-il ? Relevez dans le portrait des éléments révélateurs.

4 Dans quel registre ce personnage et les deux autres formes humaines qui apparaissent inscrivent-ils soudain le récit ?
Relevez les verbes de perception qui permettent de préciser selon quel point de vue ils sont décrits.

5 Par quels procédés d'écriture le narrateur fait-il partager son sentiment d'horreur au lecteur (pp. 89-92, l. 105-177) ? Soyez attentif(ive) au vocabulaire et aux figures de style dans la description.

6 Par un relevé des verbes de mouvement, suivez la marche du narrateur à partir de la ligne 54 (p. 87). Où le conduit sa marche ?

7 Relevez les termes qui renvoient au thème de la mort, au thème de la violence : dans quel univers le narrateur est-il plongé ? quels sentiments éprouve-t-il ?

8 Relevez et commentez l'emploi de la forme interrogative, page 96 (l. 264, 269-273).

9 « Je compris dans un frisson terrifié leur signification sinistre » (p. 97, l. 279-280). En vous reportant à la date figurant à la fin de la nouvelle, expliquez le sens du songe du narrateur. Qui sont les « hommes noirs » ? « Yorick » et ses semblables ?

10 Analysez la portée morale de cette nouvelle à la lumière des lignes 318-353 (pp. 98-100). Quel message le narrateur délivre-t-il ? Sur quelle note se termine le récit ?

Écrire

11 Comme le narrateur dans la première partie du récit, prenez à témoin votre lecteur dans un texte argumentatif où vous poserez la question du racisme. Vous commencerez votre rédaction par la phrase : « Est-ce que cela ne vous a jamais tourmenté(e) ? »

12 Préparez un champ lexical de l'horreur d'une cinquantaine de mots, puis, sur un registre fantastique, utilisez-le dans le récit d'un cauchemar.

13 À quelle grande cause humanitaire apportez-vous votre soutien (la pauvreté dans le monde, le combat du racisme, la lutte contre le sida…) ? Exposez dans un court paragraphe votre intérêt pour cette question.

Chercher

14 Le texte montre l'horreur des camps de concentration durant la Seconde Guerre mondiale. Faites une recherche sur Internet à l'aide des mots clés suivants : *holocauste, solution finale, déportation.* Explorez plusieurs sites (*cf.* p. 198) et présentez un compte rendu de deux sites particulièrement clairs et intéressants.

15 Renseignez-vous sur l'écrivain italien Primo Levi. De quoi parle son œuvre ?

16 Avec votre professeur de français, regardez l'un des films présentés dans la filmographie page 197 et développez un débat en classe sur le thème du racisme et de l'antisémitisme.

LE REGISTRE FANTASTIQUE

Un texte est de « registre fantastique » lorsqu'il met en scène des situations extraordinaires et des personnages surnaturels, produisant chez le lecteur un sentiment de malaise, d'angoisse ou de terreur.

Le registre fantastique se fonde sur une représentation du surnaturel. Mais la réalité parfois atteint une telle démesure dans l'inhumanité qu'elle en devient « irréelle » et qu'elle s'apparente au fantastique.

Dans cette nouvelle, le narrateur évoque l'horreur des camps de concentration, univers inhumain et hors normes. Pour l'évoquer, il se sert des procédés d'écriture du registre fantastique :

– vocabulaire de l'insolite : « des choses étranges » (p. 87, l. 44) ;
– champ lexical de la peur : « m'angoissait » (p. 88, l. 68, l. 82) ;
– champ lexical de la mort : « main décharnée » (p. 89, l. 102) ;
– vocabulaire de l'incompréhension et de l'incertitude : « je ne pus comprendre » (p. 90, l. 115), « on eût dit » (p. 91, l. 154) ;
– verbes de perception et de sensation : « me coupa le souffle » (p. 90, l. 114) ;
– constructions négatives : « Pas un arbre. Pas un lambeau de verdure… » (p. 93, l. 182-183).

L'IMPUISSANCE

Lire

1 Quel thème annonce la première phrase du récit ? Résumez l'anecdote qui, dans les pages 103-104, illustre l'idée générale exprimée dans cette phrase.

2 Qui est le narrateur ? Citez des indices.

3 Dégagez la construction de la nouvelle. Quelles sont les deux périodes évoquées dans le récit ? Citez quelques indices de temps à l'appui de votre réponse.

4 En vous aidant des définitions données page 167, repérez les deux événements développés sous forme de « scène » dans le récit. Repérez aussi une ellipse temporelle de plusieurs années. Quel est l'intérêt de cette présentation des événements ?

5 Relevez les références historiques, pages 105-107, lignes 45 à 98 : qu'apportent-elles au récit ?

6 Que marque le connecteur temporel « ce jour-là » (p. 105, l. 61) ?

7 Qui est Bernard Meyer ? Sur quels aspects insiste l'évocation de ce jeune homme ? Relevez dans son portrait le vocabulaire appréciatif (qui donne une image favorable du personnage).

8 Caractérisez et expliquez la réaction de Renaud à l'annonce du décès de Bernard Meyer.

9 Que prépare Renaud quand le narrateur revient sur ses pas ? Que symbolise cet acte ?

10 Analysez le dialogue des lignes 186 à 266 (pp. 111-114) : types de phrases et reprises syntaxiques, vocabulaire, figures de style, verbes introducteurs, rythme... Quelles émotions s'expriment ? quelles idées ?

11 À la lumière des pages qui précèdent, expliquez la décision de Renaud : « Je n'en lirai plus une ligne » (p. 114, l. 264).

12 Récapitulez, à partir du récit du narrateur, tous les actes de révolte de Renaud : quelle personnalité s'en dégage ?

13 Comment expliquez-vous la mauvaise conscience du narrateur dans le dernier paragraphe ?

14 Analysez le titre de la nouvelle à la lumière du récit.

Écrire

15 « L'art donne tort à Renaud » (p. 116, l. 294) : expliquez le point de vue du narrateur.

16 Reportez-vous à l'ellipse temporelle de la page 105 et résumez, en une dizaine de lignes, les années passées sous silence. Votre récit se fera au passé simple et s'articulera parfaitement au texte de Vercors.

17 Renaud est-il un idéaliste ? Présentez votre point de vue en un développement argumenté qui s'inspirera directement des actes et des paroles de ce personnage.

18 Face à quelles situations vous sentez-vous impuissant ? En vous appuyant sur votre expérience personnelle et sur votre vision du monde qui nous entoure, vous décrirez ces situations sans oublier de les analyser et d'expliquer votre réaction.

Chercher

19 Qui est Benjamin Crémieux, mentionné dans la dédicace ?

20 Lisez quelques lettres du *Journal d'Anne Frank*. Sélectionnez-en une et expliquez votre choix en quelques lignes.

21 Sur Internet, faites une recherche sur la Fondation Anne Frank créée par Otto, le père d'Anne, pour lutter contre le racisme et l'antisémitisme dans le monde.

POUR COMPRENDRE

À SAVOIR

LE GENRE DE LA NOUVELLE

La « nouvelle » est un récit bref et concis : *L'Impuissance* occupe quatorze pages.

Construite généralement sur une anecdote, elle évoque une période particulière de la vie d'un personnage : ici, la naissance d'une amitié et ses prolongements, quelques années plus tard, dans le cadre de la guerre et l'Occupation. Elle met en scène un nombre limité de personnages : ici, le narrateur, Renaud, Bernard Meyer et la vieille Berthe.

La nouvelle favorise les ellipses narratives (*cf.* « À savoir », p. 167) et les résumés. Elle donne à voir un nombre limité d'événements clés qu'elle présente sous forme de scènes (*cf.* p. 167).

La nouvelle obéit à divers schémas d'organisation, plus ou moins sophistiqués :
– récit chronologique ;
– expression d'une vérité générale que démontre le récit d'une anecdote (c'est le cas de *L'Impuissance*) ;
– évocation d'une situation qui s'explique au moyen d'un flash-back (retour en arrière) ;
– deux amis se rencontrent : l'un raconte à l'autre une histoire qui lui est arrivée ou qu'on lui a racontée ;
– des amis sont réunis en groupe : l'un d'entre eux raconte une histoire.

POUR COMPRENDRE

Lire

1 Faites la liste des personnages, d'après le premier paragraphe. Par quels termes sont-ils nommés ?

2 Analysez l'organisation de cette nouvelle : combien de récits repérez-vous ? En vous aidant des pronoms personnels et des noms propres, précisez pour chaque récit qui raconte quoi et à qui. Repérez le mot ou la phrase qui amorce chaque récit.

3 Repérez un flash-back dans l'ordre du récit page 119 (*cf.* ci-dessous, « À savoir »). À quelle époque remontent les faits que raconte Jean-Marc ? Quelle est ici la valeur de ce retour en arrière ?

4 Quelle est la motivation de Jean-Marc, dans l'histoire du cheval ? Relevez un verbe répété deux fois. Dans quel sens faut-il le prendre ?

5 Analysez le comique dans l'histoire du cheval : l'action, la conduite et les pensées des personnages, l'expression...

6 Pages 122-123, repérez une anticipation dans l'ordre de la narration (*cf.* ci-dessous, « À savoir »). Quel indice signale cette inversion dans la chronologie du récit ?

7 Quelle est la valeur du présent dans le récit sur Hitler ? Analysez l'effet créé.

Le présent a-t-il la même valeur, lorsque l'hôte dit « je ne sais plus » (p. 123, l. 98) ? Argumentez votre réponse.

8 Relevez le champ lexical de la terreur dans le dernier paragraphe. Expliquez la réaction de la concierge à la lumière des recherches que vous effectuerez dans la question 14.

9 Comment est représentée la Mort dans le dernier paragraphe ? Expliquez l'emploi de la majuscule.

Écrire

10 « Je ne sais rien de la suite » (p. 121, l. 53-54). Sur un registre comique, imaginez une suite au récit de Jean-Marc. Votre rédaction s'articulera à la phrase « Et nous sommes sortis en le laissant là » (l. 53) et prendra en compte le point de vue de Jean-Marc sur la « rue Huysmans » et les « pipelets ».

11 La réaction de la concierge est résumée dans le récit de Vercors. Réalisez une « scène » dans laquelle vous développperez cet épisode de l'histoire sur un registre fortement dramatisé. Vous inclurez à votre récit un portrait d'Hitler développé à partir du point de vue de la concierge.

12 « Au fond c'est la même histoire » (p. 122, l. 68) : expliquez cette interprétation en vous appuyant sur le texte. Quelle analogie voyez-vous dans ces deux histoires (examinez les situations, les personnages, l'époque et le lieu, etc.) ?

Chercher

13 Recherchez dans l'œuvre de Guy de Maupassant trois nouvelles répondant à ces trois schémas d'organisation :
– Le narrateur rencontre un ami à qui il raconte un souvenir ou une histoire qu'on lui a raconté(e).
– Plusieurs amis sont réunis : l'un d'eux raconte une histoire.
– Une situation est présentée. Un flash-back à valeur explicative permet de comprendre cette situation.

14 À l'aide d'un dictionnaire des noms propres, retracez la biographie d'Hitler. Que symbolise ce personnage aux yeux de l'Histoire ?

15 Quel rôle ont joué Mussolini et Franco dans la Seconde Guerre mondiale ? Vous pouvez inscrire tour à tour ces deux noms dans un moteur de recherche d'Internet pour trouver des informations ou bien vous documenter soit dans une encyclopédie, soit dans un livre d'histoire.

16 Trouvez dans des fables de La Fontaine des représentations de la Mort. Par quels procédés le poète en fait-il un personnage à part entière ? Recherchez aussi des images de la Mort dans un livre de peinture et analysez la manière dont elle est représentée : poétique, fantastique, terrifiante...

POUR COMPRENDRE

À SAVOIR

L'ORDRE DE LA NARRATION

En règle générale, une narration présente les événements selon leur ordre chronologique, c'est-à-dire selon l'ordre dans lequel ils se sont effectivement passés.
Pourtant, certains auteurs, pour créer des effets dramatiques, modifient cet ordre traditionnel. Deux techniques sont alors utilisées :
– Le retour en arrière ou « flash-back » : le narrateur interrompt son récit pour remonter à des faits antérieurs. Souvent le flash-back a une valeur explicative (*cf.* question 3).
– L'anticipation : le narrateur interrompt son récit pour évoquer un événement qui n'arrivera que plus tard. Cette technique a une valeur d'annonce (*cf.* question 6).

Lire

1 Retrouvez, dans la page 129, l'explication de la première phrase du récit. Quel effet produit ce procédé de retardement ?

2 Qui est le narrateur ? Relevez quelques indices nous renseignant sur lui. Précisez son niveau de langage en citant des termes ou constructions révélateurs.

3 À l'aide des indices de temps, retracez la biographie de Vendresse. À la page 128, repérez un flash-back : justifiez son utilité.

4 Quelle est la position de Vendresse sur les juifs ? Relevez dans son discours tous les clichés (idées toutes faites, préjugés) antisémites. Dans quelle direction évolue-t-il de la première à la seconde partie du récit ? sous la pression de quels événements ?

5 Que vient proposer Paars (pp. 135-136, l. 171-212) ? Relevez ses arguments successifs. Comment expliquez-vous les hésitations de Vendresse ? Quels arguments oppose-t-il à Paars ?

6 Expliquez la fonction du flash-back sur la vie familiale de Dacosta (p. 137, l. 225-233) entre le récit de la première et la seconde visite de Paars.

7 Où veut en venir Paars durant sa seconde visite à Vendresse ?

Examinez ses travaux d'approche. Repérez-les et traduisez l'argumentation implicite dans ses propos (*cf.* ci-dessous, « À savoir »).

8 À partir des indices du texte, caractérisez l'attitude de Vendresse après le départ lourd de menaces de Paars (à partir de la ligne 334, p. 141) : quels sentiments et pensées traduisent ses paroles et ses actions ?

9 Sur quelle menace se termine la 1re partie de la nouvelle ? Relevez les termes et expressions annonçant indirectement les événements futurs.

10 Quel rôle actif joue le narrateur dans la 2nde partie ? Relevez quelques indices montrant qu'il est directement impliqué dans l'action.

11 Quelles péripéties s'enchaînent dans la 2nde partie ? Montrez que la fin du récit s'inscrit à la fois dans un registre dramatique et tragique.

12 Quelle est la portée morale des deux derniers paragraphes ? Le narrateur fait-il preuve de cynisme ou de réalisme ? Argumentez votre réponse.

Écrire

13 Relevez tous les mots d'argot et les expressions familières. Remplacez-les par des termes de même sens empruntés à un niveau de langue courant.

POUR COMPRENDRE

14 En vous appuyant sur vos réponses de la rubrique « Lire », réalisez une fiche « personnage » dans laquelle vous classerez tout ce que vous savez sur Vendresse.

15 Quelles réflexions et quelles émotions vous inspire ce récit ?

16 À la lumière de tout ce que vous avez appris sur la Seconde Guerre mondiale dans cette nouvelle, mettez en scène sur un mode dramatique la fin de Vendresse.

17 En vous appuyant sur ce qui est dit et montré de Paars, brossez au présent de l'indicatif un portrait satirique de ce personnage devenu « un gros bonnet ». Votre rédaction commencera par : « Paars est un gros bonnet. »

Chercher

18 En vous documentant sur Internet (*cf.* p. 198) ou dans un dictionnaire, informez-vous du rôle du maréchal Pétain pendant la Première Guerre mondiale – rôle qui peut expliquer la confiance aveugle que lui accorde Vendresse dans la 1re partie du récit.

19 Qu'appelle-t-on « la Collaboration » durant la Seconde Guerre mondiale ? Qui sont les collaborateurs et quel rôle jouent-ils face à l'occupant allemand ? Appuyez votre recherche sur les éléments donnés dans les lignes 360-379, page 143.

20 De quand datent, en France, les lois raciales contre les juifs ? Informez-vous sur le port de l'étoile jaune mentionné ligne 372, page 143.

À SAVOIR

L'ARGUMENTATION IMPLICITE

L'argumentation est un procédé d'expression par lequel un locuteur (la personne qui parle) utilise diverses techniques de persuasion pour tenter de convaincre son interlocuteur. On distingue essentiellement :
– l'argumentation explicite, fondée sur le raisonnement et la logique ;
– l'argumentation implicite, forme de discours chargée de non-dit qui cherche à influencer indirectement l'interlocuteur.
L'« argumentation implicite » utilise des procédés de langue particuliers comme :
– le sous-entendu ou l'allusion : « Ce Dacosta, c'est un Juif, n'est-ce pas ? » (p. 141, l. 314) ;
– la forme négative : « On ne l'a pas expulsé d'Italie, autrefois ? » (p. 141, l. 319) ;
– la forme interrogative : « Tu sais ce que tu fais, n'est-ce pas ? » (p. 141, l. 331).

I) COLLABORATEURS ET RÉSISTANTS

Après huit mois d'une « drôle de guerre » pendant laquelle les troupes françaises démoralisées attendent en vain l'ennemi derrière la ligne Maginot – ensemble de fortifications en béton qui s'étend des Ardennes à la Suisse –, les Allemands enfoncent la résistance de l'armée française le 13 mai 1940. La population terrorisée fuit les chars ennemis dans un exode massif.

Le 14 juin, Paris est occupé.

Alors que la France s'est engagée face à l'Angleterre à ne pas conclure de paix séparée, le nouveau président du Conseil, Philippe Pétain, grand vainqueur de la Première Guerre mondiale, annonce l'armistice le 17 juin. Le document sera signé cinq jours plus tard.

C'est le début de cinq années de collaboration officielle de la France avec l'occupant allemand.

Philippe Pétain (1856-1951)

Paroles aux Français, Lardanchet, Lyon, 1941

Dans le discours suivant, le maréchal Pétain justifie sa décision et rapporte sa rencontre avec le chancelier Hitler à la gare de Montoire, le 24 octobre 1940 – entrevue qui connut un écho considérable en raison de la poignée de main échangée entre les deux hommes, dont la photographie fut abondamment publiée dans la presse.

Collaborateurs et résistants

Français,

J'ai rencontré, jeudi dernier, le chancelier du Reich. Cette rencontre a suscité des espérances et provoqué des inquiétudes. Je vous dois à ce sujet quelques explications.

Une telle entrevue n'a été possible, quatre mois après la défaite de nos armes, que grâce à la dignité des Français devant l'épreuve, grâce à l'immense effort de régénération auquel ils se sont prêtés, grâce aussi à l'héroïsme de nos marins, à l'énergie de nos chefs coloniaux, au loyalisme de nos populations indigènes. La France s'est ressaisie. Cette première rencontre entre le vainqueur et le vaincu marque le premier redressement de notre pays.

C'est librement que je me suis rendu à l'invitation du Führer. Je n'ai subi de sa part aucun « diktat », aucune pression. Une collaboration a été envisagée entre nos deux pays. J'en ai accepté le principe. Les modalités en seront discutées ultérieurement. À tous ceux qui attendent aujourd'hui le salut de la France, je tiens à dire que le salut est d'abord entre nos mains. À tous ceux que de nobles scrupules tiendraient éloignés de notre pensée, je tiens à dire que le premier devoir de tout Français est d'avoir confiance. À ceux qui doutent comme à ceux qui s'obstinent, je rappellerai qu'en se raidissant à l'excès, les plus belles attitudes de réserve et de fierté risquent de perdre de leur force. Celui qui a pris en main les destinées de la France a le devoir de créer l'atmosphère la plus favorable à la sauvegarde des intérêts du pays.

C'est dans l'honneur et pour maintenir l'unité française – une unité de dix siècles – dans le cadre d'une activité constructive du nouvel ordre européen que j'entre aujourd'hui dans la voie de la collaboration.

Ainsi, dans un avenir prochain, pourrait être allégé le poids des souffrances de notre pays, amélioré le sort de nos prisonniers, atténuée la charge des frais d'occupation. Ainsi pourraient être assouplie la ligne de démarcation et facilités l'administration et le ravitaillement du territoire. Cette collaboration doit être sincère. Elle doit être exclusive de toute pensée d'agression. Elle doit comporter un effort patient et confiant. L'armistice, au demeurant, n'est pas la paix. La France est tenue par des obligations nombreuses vis-à-vis du vainqueur. Du moins reste-t-elle souveraine. Cette souveraineté lui impose de défendre son sol, d'éteindre les divergences de l'opinion, de réduire les dissidences de ses colonies. Cette politique est la mienne. Les ministres ne sont responsables que devant moi. C'est moi seul que l'Histoire jugera.

Je vous ai tenu jusqu'ici le langage d'un père. Je vous tiens aujourd'hui le langage du chef. Suivez-moi. Gardez confiance en la France éternelle !

Tract édité en septembre 1942 par le mouvement Francs-tireurs

La collaboration du gouvernement Pétain installé à Vichy révolte certains français qui, dès l'automne 1940, s'organisent en mouvements de résistance. En Angleterre, le général de Gaulle lance le fameux appel du 18 juin : « Quoi qu'il arrive, la flamme de la résistance française ne doit pas s'éteindre et ne s'éteindra pas. »

Cependant, dans le *Journal officiel* de l'État français, les lois du 4 septembre 1942 et du 16 février 1943 instituent pour les Français un service de travail obligatoire « utile aux besoins du pays », et Pierre Laval, ministre de Pétain, invite les ouvriers à aller travailler en Allemagne. Ulcérée, la presse clandestine se déchaîne.

Le texte suivant est un tract édité par les Francs-tireurs, mouvement de résistance de la zone Sud de la France, incitant les Français à refuser le S.T.O.

NON ! TU NE SERAS PAS L'ESCLAVE D'HITLER !

Ouvriers français, Laval veut vous vendre à Hitler !

« Je souhaite la victoire de l'Allemagne » a osé proclamer à la radio le traître qui se fait aujourd'hui marchand d'esclaves.

C'est clair ! Hitler l'a toujours dit :

« Les peuples soumis devront travailler pour le peuple des maîtres, l'Allemagne ! »

Et Laval, obéissant à son maître, vous appelle à partir pour l'Allemagne. À travailler pour les usines de mort et pour la guerre d'Hitler.

Déjà, on prépare le plus abominable des chantages, en vous condamnant, si vous ne partez pas de votre plein gré, à mourir de faim et – ce qui est pire – à voir mourir de faim vos enfants. Nous savons que, si cette méthode échoue, on vous sacrera « affectés spéciaux » pour servir les arrières de la Wehrmacht[1].

Sous le signe de « TRAVAIL-FAMILLE-PATRIE », on vous condamne :

À TRAVAILLER pour l'envahisseur et l'assassin,

À abandonner votre FAMILLE,

À trahir la PATRIE !

Pour votre bien, ose-t-on dire, Laval et sa bande, couverts par Pétain, vous destinent à l'enfer des bombardements, comme à Cologne, Lübeck, Emden, Essen, Brême. Les canailles !

Y a-t-il, dans l'histoire d'un État vaincu, une pareille page d'infamie ?

Y a-t-il, dans la magnifique et douloureuse histoire de la classe ouvrière française, un tel exemple d'esclavage organisé et justifié pour le compte de l'étranger ?

Comble d'ignominie, on vous fait le chantage aux prisonniers ! Comme si vous ne saviez pas que Hitler ne tient jamais ses promesses,

---

1. Armée allemande.

que Hitler ne lâchera rien et que 300 000 travailleurs français en Allemagne, c'est 300 000 captifs de plus !

Si les prisonniers pouvaient parler, ouvrier français, ils te crieraient :

« Ne viens pas servir Hitler ! Il a besoin de toi parce que la force allemande s'épuise, parce qu'il sent la victoire lui échapper ! Le monde entier se prépare à la délivrance !

Oui, nous savons que tu as faim, que c'est le peuple qui a faim ! Les traîtres mangent, les profiteurs de la défaite mangent, grâce au marché noir qu'ils ont organisé. On ferme tes usines, sur l'ordre de Berlin. Le chef de la Section économique allemande en France, un certain docteur Michel, a déclaré officiellement :

« Dans la mesure où augmentera le nombre des entreprises fermées, une nouvelle main-d'œuvre sera libérée pour travailler en Allemagne ! »

Ouvriers français ! Tenez bon ! Ne croyez pas aux mensonges de la presse et de la radio. Tous les vrais Français auront à cœur de vous aider à tenir pendant les quelques mois qui nous séparent de la délivrance.

Faites tout pour rester sur le sol de France !

BIENTÔT, LA LIBERTÉ aura encore besoin

DE LA CLASSE OUVRIÈRE FRANÇAISE.

France-Liberté

Louis Aragon (1897-1982)

Le Roman inachevé, Gallimard, 1956

Dans la clandestinité, la Résistance s'organise. Peu nombreux, les résistants, au printemps 1942, reconnaissent le général de Gaulle comme leur chef. L'ancien préfet Jean Moulin, son émissaire, rassemble les différents réseaux et mouvements de résistance en une « armée secrète » qui travaille dans l'ombre à la libération de la France.

Plus tard, dans son recueil de poèmes *Le Roman inachevé*, le poète Louis Aragon célébrera cette armée de l'ombre qui sacrifia sa jeunesse et sa vie au nom de la liberté.

STROPHES POUR SE SOUVENIR

Vous n'avez réclamé la gloire ni les larmes
Ni l'orguc ni la prière aux agonisants
Onze ans déjà que cela passe vite onze ans
Vous vous étiez servis simplement de vos armes
La mort n'éblouit pas les yeux des Partisans

Vous aviez vos portraits sur les murs de nos villes
Noirs de barbe et de nuit hirsutes menaçants
L'affiche qui semblait une tache de sang
Parce qu'à prononcer vos noms sont difficiles
Y cherchait un effet de peur sur les passants

Nul ne semblait vous voir Français de préférence
Les gens allaient sans yeux pour vous le jour durant
Mais à l'heure du couvre-feu des doigts errants
Avaient écrit sous vos photos MORTS POUR LA FRANCE
Et les mornes matins en étaient différents

Tout avait la couleur uniforme du givre
À la fin février pour vos derniers moments
Et c'est alors que l'un de vous dit calmement
Bonheur à tous Bonheur à ceux qui vont survivre
Je meurs sans haine en moi pour le peuple allemand

Adieu la peine et le plaisir Adieu les roses
Adieu la vie Adieu la lumière et le vent
Marie-toi sois heureuse et pense à moi souvent
Toi qui vas demeurer dans la beauté des choses
Quand tout sera fini plus tard à Erivan

Un grand soleil d'hiver éclaire la colline
Que la nature est belle et que le cœur me fend
La justice viendra sur nos pas triomphants
Ma Mélinée ô mon amour mon orpheline
Et je te dis de vivre et d'avoir un enfant

Ils étaient vingt et trois quand les fusils fleurirent
Vingt et trois qui donnaient leur cœur avant le temps
Vingt et trois étrangers et nos frères pourtant
Vingt et trois de vivre à en mourir
Vingt et trois qui criaient la France en s'abattant

II) POINTS DE VUE SUR L'HOLOCAUSTE

On appelle « holocauste » le génocide du peuple juif, orchestré pendant la guerre par l'Allemagne nazie dirigée par le chancelier Hitler. Du grec *holocauston* (*holos* : « tout » ; *kauston* : « brûlé »), ce mot désigne la mise à mort de six millions de juifs dans les fours crématoires des camps d'extermination créés à cet effet. Appelée « la solution finale », l'extermination est décidée à la fin de 1941.

En France, les juifs, arrêtés par la police française, sont parqués dans des camps d'internement comme Pithiviers ou Drancy avant d'être déportés.

Le terme *Shoah* (« destruction »), emprunté à l'hébreu, désigne aujourd'hui couramment le génocide des juifs d'Europe pendant la Seconde Guerre mondiale : 72 % de la communauté juive a péri dans les camps de concentration.

Kressmann Taylor

Inconnu à cette adresse, Autrement, 1999

Dans un court roman épistolaire, écrit juste avant la guerre, l'auteur met en scène deux associés qui dirigent une galerie d'art aux États-Unis et se sont juré une amitié éternelle : Martin Schulse, un Allemand, et Max Eisenstein, un juif américain.

Quand le premier rentre dans son pays d'origine, une correspondance s'établit. Elle se déroule entre 1932 et 1934, tandis que se met en place le pouvoir nazi.

Mr Max Eisenstein
Galerie Schulse-Elsenstein
San Francisco,
Californie, USA

SCHLOSS
RANTZENBURG
MUNICH,
ALLEMAGNE
Le 25 mars 1933

Cher vieux Max,

Tu as certainement entendu parler de ce qui se passe ici, et je suppose que cela t'intéresse de savoir comment nous vivons les événements de l'intérieur. Franchement, Max, je crois qu'à nombre d'égards, Hitler est bon pour l'Allemagne mais je n'en suis pas sûr. Maintenant, c'est lui qui, de fait, est le chef du gouvernement. Je doute que Hindenburg lui-même puisse le déloger du fait qu'on l'a obligé à le placer au pouvoir. L'homme électrise littéralement les foules ; il possède une force que seul peut avoir un grand orateur doublé d'un fanatique. Mais je m'interroge : est-il complètement sain d'esprit ? Ses escouades[1] en chemises brunes sont issues de la populace. Elles pillent et elles ont commencé à persécuter les juifs. Mais il ne s'agit peut-être là que d'incidents mineurs : la petite écume trouble qui se forme en surface quand bout le chaudron d'un grand mouvement. Car je te le dis, mon ami, c'est à l'émergence d'une force vive que nous assistons dans ce pays. Une force vive. Les gens se sentent stimulés, on s'en rend compte en marchand dans les rues, en entrant dans les magasins. Ils se sont débarrassés de leur désespoir comme on enlève un vieux manteau. Ils n'ont plus honte, ils croient de nouveau à l'avenir. Peut-être va-t-on trouver un moyen pour mettre fin à la misère. Quelque chose – j'ignore quoi – va se produire. On a trouvé un Guide ! Pourtant, prudent, je me dis tout bas : où cela va-t-il nous mener ? Vaincre le désespoir nous engage souvent dans des directions insensées.

---

1. Groupes militaires.

Naturellement, je n'exprime pas mes doutes en public. Puisque je suis désormais un personnage officiel au service du nouveau régime, je clame au contraire ma jubilation sur tous les toits. Ceux d'entre nous, les fonctionnaires de l'administration locale, qui tiennent à leur peau sont prompts à rejoindre le national-socialisme – c'est le nom du parti de *Herr* Hitler. Mais en même temps, cette attitude est bien plus qu'un simple expédient : c'est la conscience que nous, le peuple allemand, sommes en voie d'accomplir notre destinée ; que l'avenir s'élance vers nous telle une vague prête à déferler. Nous aussi nous devons bouger, mais dans le sens de la vague, et non à contre-courant. De graves injustices se commettent encore aujourd'hui. Les troupes d'assaut célèbrent leur victoire, et chaque visage ensanglanté qu'on croise vous fait secrètement saigner le cœur. Mais tout cela est transitoire ; si la finalité est juste, ces incidents passagers seront vite oubliés. L'histoire s'écrira sur une page blanche et propre.

La seule question que je me pose désormais – vois-tu, tu es le seul à qui je puisse me confier – est celle-ci : la finalité est-elle juste ? Le but que nous poursuivons est-il meilleur qu'avant ? Parce que, tu sais, Max, depuis que je suis dans ce pays, je les ai vus, ces gens de ma race, et j'ai appris les souffrances qu'ils ont endurées toutes ces années – le pain de plus en plus rare, les corps de plus en plus maigres et les esprits malades. Ils étaient pris jusqu'au cou dans les sables mouvants du désespoir. Ils allaient mourir, mais un homme leur a tendu la main et les a sortis du trou. Tout ce qu'ils savent maintenant, c'est qu'ils survivront. Ils sont possédés par l'hystérie de la délivrance, et cet homme, ils le vénèrent. Mais quel que fût le sauveur, ils auraient agi ainsi. Plaise à Dieu qu'il soit un chef digne de ce nom et non un ange de la mort. À toi seul, Max, je peux avouer que j'ignore qui il est vraiment. Oui, je l'ignore. Pourtant, je ne perds pas confiance.

Mais assez de politique. Notre nouvelle maison nous enchante et nous recevons beaucoup.

Fred Uhlman

L'Ami retrouvé, Gallimard, 1978

Récit à la première personne, *L'Ami retrouvé* raconte l'histoire d'une amitié entre Hans Schwartz, un jeune juif allemand élevé dans l'amour d'un pays qu'il considère comme sa patrie, et Conrad Graf von Hohenfels, un jeune allemand issu d'une vieille famille d'aristocrates.

La montée du nazisme va séparer les deux adolescents : pour échapper au danger, Hans sera envoyé aux États-Unis par ses parents tandis que Conrad se ralliera à l'idéologie nazie.

Des années après la guerre, Hans fera un retour sur son passé.

Mes parents sont morts, mais je suis heureux de dire qu'ils n'ont pas fini à Belsen. Un jour, un nazi fut posté devant le cabinet de consultation de mon père, portant cet écriteau :

Allemands, prenez garde. Évitez tous les Juifs. Quiconque a affaire à un Juif est souillé.

Mon père revêtit son uniforme d'officier, arbora toutes ses décorations, y compris la Croix de fer de première classe, et se mit en faction à côté du nazi. Le nazi devint de plus en plus embarrassé et une foule s'assembla peu à peu. Les gens se tinrent d'abord silencieux, mais, comme leur nombre allait croissant, il y eut des murmures qui éclatèrent finalement en railleries agressives.

Mais c'était au nazi que s'adressait leur hostilité et c'est le nazi qui plia bientôt bagage et disparut. Il ne revint pas et ne fut pas remplacé. Quelques jours plus tard, alors que ma mère dormait, mon père ouvrit le gaz et c'est ainsi qu'ils moururent. Depuis leur mort, j'ai, autant que possible, évité de rencontrer des Allemands et n'ai pas ouvert un seul livre allemand, pas même Hölderlin. J'ai essayé d'oublier.

Bien entendu, quelques Allemands ont inévitablement croisé mon chemin, de braves gens qui avaient fait de la prison pour s'être opposés à Hitler. Je me suis assuré de leur passé avant de leur serrer la main. Il faut être prudent avant d'accepter un Allemand. Qui sait si celui auquel on parle n'a pas trempé ses mains dans le sang de vos amis ou de votre famille ? Mais, pour ceux-là, aucun doute n'était possible. En dépit de leurs états de service dans la Résistance, ils ne pouvaient s'empêcher d'éprouver un sentiment de culpabilité et j'en avais du regret pour eux. Mais, même avec eux, je prétendais avoir du mal à parler allemand.

C'est là une sorte de façade protectrice que j'adopte presque inconsciemment (inconsciemment dans une certaine mesure, pourtant) quand il me faut converser avec un Allemand. Naturellement, je parle encore parfaitement bien la langue, en faisant la part de mon accent américain, mais je déteste l'employer. Mes blessures ne sont pas cicatrisées, et chaque fois que l'Allemagne se rappelle à moi, c'est comme si on les frottait de sel.

Un jour, je rencontrai un homme du Wurtemberg et lui demandai ce qui s'était passé à Stuttgart.

– Les trois quarts de la ville ont été détruits, dit-il.

– Qu'est-il advenu du Karl Alexander Gymnasium ?

– Des décombres.

– Et du Palais Hohenfels ?

– Des décombres.

Je me mis à rire sans fin.

– Qu'est-ce qui vous fait rire ? demanda-t-il, étonné.

– Oh, peu importe, dis-je.

– Mais il n'y a rien de drôle là-dedans, dit-il. Je ne vois pas où est le comique de l'histoire.

– Peu importe, répétai-je. Il n'y a rien de comique dans l'histoire.

Qu'aurais-je pu dire d'autre ? Comment aurais-je pu lui expliquer pourquoi je riais quand je ne pouvais le comprendre moi-même ?

Claudine Vegh

Je ne lui ai pas dit au revoir, Gallimard, 1979

Claudine Vegh est pédopsychiatre. Dans le cadre de son « mémoire » de psychiatrie, elle a demandé à des enfants de déportés, devenus adultes, d'évoquer leur jeunesse. Son livre présente des témoignages authentiques. L'holocauste est vu à travers le souvenir mais il est également mesuré à l'aune des blessures définitives qu'il a laissées chez les enfants des victimes.

Je suis né à Paris en 1933 ; mon frère en 1935. Je n'ai plus de souvenir précis de mon père, je me raccroche à une photo.

De caractère, il me semble qu'il était comme moi, parfois triste, taciturne, un peu renfermé. Assez sévère avec moi ; il paraît que j'étais déjà très dur.

Vois-tu, l'étoile jaune, je l'ai portée tout le temps à Paris. C'était terrible. À chaque récréation, chaque sortie de classe, je me faisais injurier ; je ne le supportais pas, je me battais à mort ; je me souviens que mon petit frère était à sa dernière année de maternelle, à la sortie il venait me donner un coup de main. J'ai subi des brimades des instituteurs, des gifles à toute volée. Les vaches, ils en profitaient, personne pour me défendre, ils se défoulaient. Heureusement, j'ai toujours été costaud. Aucun d'entre eux n'a eu un geste humain... tout simplement humain, bien au contraire. Quelqu'un me traitait de « sale juif », je ne le supportais pas, je lui tombais dessus ; on disait que c'était moi qui débutais la bagarre, on me punissait sévèrement pour avoir osé... Ça ne s'oublie jamais, tout ça !

C'est en 41 que mon père est parti. Il a reçu le fameux « billet vert », stipulant qu'il devait se présenter au commissariat, sinon des sanctions seraient prises contre la famille.

Mon père n'était pas stupide. Ce n'était pas un mouton, mais il y est allé pour nous protéger ! Quand on a convoqué les jeunes Français pour le Travail obligatoire en Allemagne, ils se sont présentés, non ? Et pourtant, eux, ils savaient déjà. En 41, on croyait qu'il s'agissait de regrouper des juifs dans des camps de travail !

Il vient de paraître un livre sur ce « billet vert », je l'ai acheté... je n'arrive pas à l'ouvrir seulement. C'est idiot !

Mon père a été interné au camp de Pithiviers ; de là, il nous a envoyé un bateau qu'il avait construit lui-même pour mon frère et moi....

Ma mère s'est mise à faire de la couture par-ci par-là : il fallait avoir de l'argent.

Ma mère obtient un droit de visite pour Pithiviers ; elle nous emmène avec elle. Moi qui suis si turbulent, je ne peux pas faire un mouvement, je suis tout raide pendant cette visite. Mon père nous dit adieu, mon frère pleure, moi non, et tout à coup ma mère pousse des hurlements de douleur... elle hurle à la mort – ces cris, je les entends encore.

Je n'ai plus revu mon père.

BIBLIOGRAPHIE

Romans et nouvelles de Vercors
- *La Marche à l'étoile*, éd. de Minuit, 1945.
- *Les Armes de la nuit*, éd. de Minuit, 1946.
- *Les Yeux et la Lumière*, éd. de Minuit, 1949.
- *La Puissance du jour*, Albin Michel, 1951.
- *Les Animaux dénaturés*, Albin Michel, 1952.
- *Le Piège à loups*, Albin Michel, 1956.
- *Colères*, Albin Michel, 1956.
- *Sylva*, Grasset, 1961.
- *Quota*, Stock, 1968.
- *Radeau de la Méduse*, Presses de la Cité, 1969.

Œuvres sur la guerre et sur l'holocauste
- Romain Gary, *Éducation européenne*, Gallimard, 1945.
- Anne Frank, *Le Journal d'Anne Frank*, Calmann-Lévy, 1950.
- De Lacretelle, *Silberman*, Gallimard, 1973.
- Joseph Joffo, *Un sac de billes*, Jean-Claude Lattès, 1973.
- Fred Uhlman, *L'Ami retrouvé*, Gallimard, 1978.
- Claudine Vegh, *Je ne lui ai pas dit au revoir*, Gallimard, 1979.
- Primo Levi, *Si c'est un homme*, Pocket, 1988.
- Kressmann Taylor, *Inconnu à cette adresse*, Autrement, 1999.

FILMOGRAPHIE
- *Le Silence de la mer*, Jean-Pierre Melville, 1947.
- *Le Journal d'Anne Frank*, Georges Steven, 1959.
- *Le Vieil Homme et l'Enfant*, Claude Berri, 1966.
- *Le Jardin des Finzi-Contini*, Vittorio de Sica, 1970.
- *Lacombe Lucien*, Louis Malle, 1974.
- *Le Dernier Métro*, François Truffaut, 1980.
- *Le Choix de Sophie*, Alan J. Pakula, 1982.
- *Au revoir, les enfants*, Louis Malle, 1987.
- *La Liste de Schindler*, Steven Spielberg, 1993.
- *La Vie est belle*, Roberto Benigni, 1998.
- *Le Journal d'Anne Frank*, dessin animé réalisé par Julian Y. Wolff, sorti en France le 23 février 2000, prix du Jury des enfants au Festival international de Chicago.

SITES INTERNET
– www.h2gm.net *ou* www.histoire39-45.com/(site sur l'histoire de la Seconde Guerre mondiale)
– www.partisans.ifrance.com/partisans/(site sur la Résistance)
– www.medianet.fr/culturel/michelet(site du centre national d'études de la Résistance et de la déportation)
– www.licra.com/(Ligue internationale contre le racisme et l'antisémitisme)

Classiques & Contemporains

SÉRIE « LES GRANDS CONTEMPORAINS PRÉSENTENT »

D. Daeninckx présente *21 récits policiers*
L. Gaudé présente *13 extraits de tragédies*
A. Nothomb présente *20 récits de soi*
K. Pancol présente *21 textes sur le sentiment amoureux*
É.-E. Schmitt présente *13 récits d'enfance et d'adolescence*
B. Werber présente *20 récits d'anticipation et de science-fiction*

Adam, *Je vais bien, ne t'en fais pas*
Anouilh, *L'Hurluberlu – Pièce grinçante*
Anouilh, *Pièces roses*
Balzac, *La Bourse*
Balzac, *Sarrasine*
Barbara, *L'Assassinat du Pont-Rouge*
Begag, *Salam Ouessant*
Bégaudeau, *Le Problème*
Ben Jelloun, Chedid, Desplechin, Ernaux, *Récits d'enfance*
Benoit, *L'Atlantide*
Boccace, Poe, James, Boyle, etc., *Nouvelles du fléau*
Boisset, *Le Grimoire d'Arkandias*
Boisset, *Nicostratos*
Braun (avec S. Guinoiseau), *Personne ne m'aurait cru, alors je me suis tu*
Brontë, *L'Hôtel Stancliffe*
Calvino, *Le Vicomte pourfendu*
Chaine, *Mémoires d'un rat*
Colette, *Claudine à l'école*
Conan Doyle, *Le Monde perdu*
Conan Doyle, *Trois Aventures de Sherlock Holmes*
Corneille, *Le Menteur*
Corneille, *Médée*
Cossery, *Les Hommes oubliés de Dieu*
Coulon, *Le roi n'a pas sommeil*
Courteline, *La Cruche*
Daeninckx, *Cannibale*
Daeninckx, *Histoire et faux-semblants*
Daeninckx, *L'Espoir en contrebande*
Dahl, Bradbury, Borges, Brown, *Nouvelles à chute 2*
Daudet, *Contes choisis*
Defoe, *Robinson Crusoé*
Diderot, *Supplément au Voyage de Bougainville*
Dorgelès, *Les Croix de bois*
Dostoïevski, *Carnets du sous-sol*
Du Maurier, *Les Oiseaux et deux autres nouvelles*
Du Maurier, *Rebecca*
Dubillard, Gripari, Grumberg, Tardieu, *Courtes pièces à lire et à jouer*

Dumas, *La Dame pâle*
Dumas, *Le Bagnard de l'Opéra*
Feydeau, *Dormez, je le veux !*
Fioretto, *Et si c'était niais ? – Pastiches contemporains*
Flaubert, *Lettres à Louise Colet*
Gaudé, *La Mort du roi Tsongor*
Gaudé, *Médée Kali*
Gaudé, *Salina*
Gaudé, *Voyages en terres inconnues – Deux récits sidérants*
Gavalda, Buzzati, Cortázar, Bourgeyx, Kassak, Mérigeau, *Nouvelles à chute*
Germain, *Magnus*
Giraudoux, *La guerre de Troie n'aura pas lieu*
Giraudoux, *Ondine*
Gripari, *Contes de la rue Broca et de la Folie-Méricourt*
Higgins Clark, *La Nuit du renard*
Higgins Clark, *Le Billet gagnant et deux autres nouvelles*
Highsmith, Poe, Maupassant, Daudet, *Nouvelles animalières*
Hoffmann, *L'Homme au sable*
Hoffmann, *Mademoiselle de Scudéry*
Huch, *Le Dernier Été*
Hugo, *Claude Gueux*
Hugo, *Théâtre en liberté*
Irving, *Faut-il sauver Piggy Sneed ?*
Jacq, *La Fiancée du Nil*
Jarry, *Ubu roi*
Kafka, *La Métamorphose*
Kamanda, *Les Contes du Griot*
King, *Cette impression qui n'a de nom qu'en français et trois autres nouvelles*
King, *La Cadillac de Dolan*
Kipling, *Histoires comme ça*
Klotz, *Killer Kid*
Leblanc, *Arsène Lupin, gentleman-cambrioleur*
Leroux, *Le Mystère de la chambre jaune*
Lewis, *Pourquoi j'ai mangé mon père*
London, *Construire un feu*
London, *L'Appel de la forêt*
Loti, *Le Roman d'un enfant*
Lowery, *La Cicatrice*
Maran, *Batouala*
Marivaux, *La Colonie suivi de L'Île des esclaves*
Maupassant, *Les Dimanches d'un bourgeois de Paris*
Mérimée, *Tamango*
Molière, *Dom Juan*
Molière, *George Dandin*
Molière, *Le Sicilien ou l'Amour peintre*
Murakami, *L'éléphant s'évapore suivi du Nain qui danse*
Musset, *Lorenzaccio*
Némirovsky, *Jézabel*

Nothomb, *Acide sulfurique*
Nothomb, *Barbe bleue*
Nothomb, *Les Combustibles*
Nothomb, *Métaphysique des tubes*
Nothomb, *Le Sabotage amoureux*
Nothomb, *Stupeur et Tremblements*
Pergaud, *La Guerre des boutons*
Perrault, Mme d'Aulnoy, etc., *Contes merveilleux*
Petan, *Le Procès du loup*
Poe, Gautier, Maupassant, Gogol, *Nouvelles fantastiques*
Pons, *Délicieuses frayeurs*
Pouchkine, *La Dame de pique*
Reboux et Muller, *À la manière de...*
Renard, *Huit jours à la campagne*
Renard, *Poil de Carotte* (comédie en un acte), suivi de *La Bigote* (comédie en deux actes)
Reza, *« Art »*
Reza, *Le Dieu du carnage*
Reza, *Trois versions de la vie*
Ribes, *Trois pièces facétieuses*
Riel, *La Vierge froide et autres racontars*
Rouquette, *Médée*
Sand, *Marianne*
Schmitt, *Crime parfait et Les Mauvaises Lectures – Deux nouvelles à chute*
Schmitt, *L'Enfant de Noé*
Schmitt, *Hôtel des deux mondes*
Schmitt, *Le Joueur d'échecs*
Schmitt, *Milarepa*
Schmitt, *Monsieur Ibrahim et les fleurs du Coran*
Schmitt, *La Nuit de Valognes*
Schmitt, *Oscar et la dame rose*
Schmitt, *Ulysse from Bagdad*
Schmitt, *Vingt-quatre heures de la vie d'une femme*
Schmitt, *Le Visiteur*
Sévigné, Diderot, Voltaire, Sand, *Lettres choisies*
Signol, *La Grande Île*
Stendhal, *Vanina Vanini*
Stevenson, *Le Cas étrange du Dr Jekyll et de M. Hyde*
t'Serstevens, *Taïa*
Uhlman, *La Lettre de Conrad*
van Cauwelaert, *Cheyenne*
Vargas, *Debout les morts*
Vargas, *L'Homme à l'envers*
Vargas, *L'Homme aux cercles bleus*
Vargas, *Pars vite et reviens tard*
Vercel, *Capitaine Conan*
Vercors, *Le Silence de la mer*
Vercors, *Zoo ou l'assassin philanthrope*
Verne, *Sans dessus dessous*
Voltaire, *L'Ingénu*
Wells, *La Machine à explorer le temps*

Werth, *33 Jours*
Wilde, *Le Crime de Lord Arthur Savile*
Zola, *Thérèse Raquin*
Zweig, *Le Joueur d'échecs*
Zweig, *Lettre d'une inconnue*
Zweig, *Vingt-quatre heures de la vie d'une femme*

Recueils et anonymes

90 poèmes classiques et contemporains
Ceci n'est pas un conte et autres contes excentriques du XVIIIᵉ siècle
Ces objets qui nous envahissent : objets cultes, culte des objets (anthologie BTS)
Cette part de rêve que chacun porte en soi (anthologie BTS)
Contes populaires de Palestine
Histoires vraies – Le Fait divers dans la presse du XVIᵉ au XXIᵉ siècle
Initiation à la poésie du Moyen Âge à nos jours
Je me souviens (anthologie BTS)
La Dernière Lettre – Paroles de Résistants fusillés en France (1941–1944)
La Farce de Maître Pierre Pathelin
Poèmes engagés
La Presse dans tous ses états – Lire les journaux du XVIIᵉ au XXIᵉ siècle
La Résistance en poésie – Des poèmes pour résister
La Résistance en prose – Des mots pour résister
Les Aventures extraordinaires d'Adèle Blanc-Sec
Les Grands Textes du Moyen Âge et du XVIᵉ siècle
Les Grands Textes fondateurs
Nouvelles francophones
Pourquoi aller vers l'inconnu ? – 16 récits d'aventures
Sorcières, génies et autres monstres – 8 contes merveilleux

SÉRIE BANDE DESSINÉE (en coédition avec Casterman)

Beuriot et Richelle, *Amours fragiles – Le Dernier Printemps*
Bilal et Christin, *Les Phalanges de l'Ordre noir*
Comès, *Silence*
Ferrandez et Benacquista, *L'Outremangeur*
Franquin, *Idées noires*
Manchette et Tardi, *Griffu*
Martin, *Alix – L'Enfant grec*
Pagnol et Ferrandez, *L'Eau des collines – Jean de Florette*
Pratt, *Corto Maltese – La Jeunesse de Corto*
Pratt, *Saint-Exupéry – Le Dernier Vol*
Stevenson, Pratt et Milani, *L'Île au trésor*
Tardi et Daeninckx, *Le Der des ders*
Tardi, *Adèle Blanc-sec – Adèle et la Bête*
Tardi, *Adèle Blanc-sec – Le Démon de la Tour Eiffel*
Tardi, *Adieu Brindavoine* suivi de *La Fleur au fusil*
Tito, *Soledad – La Mémoire blessée*
Tito, *Tendre banlieue – Appel au calme*
Utsumi et Taniguchi, *L'Orme du Caucase*
Wagner et Seiter, *Mysteries – Seule contre la loi*

NOTES PERSONNELLES

NOTES PERSONNELLES

NOTES PERSONNELLES

NOTES PERSONNELLES

Couverture
Conception graphique : Marie-Astrid Bailly-Maître
Illustration : Claire Forgeot
Intérieur
Conception graphique : Marie-Astrid Bailly-Maître
Réalisation : Nord Compo, Villeneuve-d'Ascq

Achevé d'imprimer en juillet 2017
par «La Tipografica Varese Srl» en Italie
N° éditeur : 2017-1046
Dépôt légal : juin 2001

THE ROMANTIC TRADITION IN GERMANY

An Anthol

LLECTION